CB069201

GILBERTO FREYRE

CRÔNICAS PARA JOVENS

Seleção e Prefácio
GUSTAVO HENRIQUE TUNA

São Paulo
2019

global
editora

© by Fundação Gilberto Freyre, 2018/Recife-Pernambuco-Brasil
1ª Edição, Global Editora, São Paulo 2019

Jefferson L. Alves – diretor editorial
Gustavo Henrique Tuna – gerente editorial
Flávio Samuel – gerente de produção
Jefferson Campos – assistente de produção
Heloisa Beraldo – editora assistente
Erika Nakahata – assistente editorial e revisão
Lívia Perran – revisão
Fundação Gilberto Freyre – foto de capa
Eduardo Okuno – projeto gráfico e capa

Obra atualizada conforme o
NOVO ACORDO ORTOGRÁFICO DA LÍNGUA PORTUGUESA.

CIP-BRASIL. CATALOGAÇÃO NA PUBLICAÇÃO
SINDICATO NACIONAL DOS EDITORES DE LIVROS, RJ

F943g

Freyre, Gilberto, 1900-1987
Gilberto Freyre : crônicas para jovens / Gilberto Freyre ; seleção e prefácio Gustavo Henrique Tuna. - 1. ed. - São Paulo : Global, 2019.
112 p. (Crônicas para jovens)

Inclui bibliografia
ISBN 978-85-260-2468-7

1. Literatura infantojuvenil brasileira. 2. Crônicas brasileiras. I. Tuna, Gustavo Henrique. II. Título. III. Série.

19-54552
CDD: 808.89928
CDU: 82-93(81)

Leandra Felix da Cruz – Bibliotecária – CRB-7/6135

global editora
Direitos Reservados

global editora e distribuidora ltda.
Rua Pirapitingui, 111 – Liberdade
CEP 01508-020 – São Paulo – SP
Tel.: (11) 3277-7999
e-mail: global@globaleditora.com.br
www.globaleditora.com.br

Colabore com a produção científica e cultural.
Proibida a reprodução total ou parcial desta obra sem a autorização do editor.

Nº de Catálogo: **4391**

GILBERTO FREYRE

CRÔNICAS PARA JOVENS

BIOGRAFIA DO SELECIONADOR

Gustavo Henrique Tuna nasceu em Campinas, São Paulo, em 1977. É doutor em História Social pela Universidade de São Paulo e mestre em História Cultural pela Universidade Estadual de Campinas, onde defendeu em 2003 a dissertação *Viagens e viajantes em Gilberto Freyre*.

É autor de *Gilberto Freyre: entre tradição & ruptura* (São Paulo: Cone Sul, 2000), premiado na categoria Ensaio do III Festival Universitário de Literatura, promovido pela Xerox do Brasil e pela revista *Livro Aberto*. Também é autor das notas ao livro autobiográfico de Gilberto Freyre *De menino a homem* (São Paulo: Global, 2010), vencedor na categoria Biografia do Prêmio Jabuti 2011. É sua a seleção de textos do livro *O poeta e outras crônicas de literatura e vida*, de Rubem Braga, vencedor na categoria Crônica do Prêmio Jabuti 2018.

Atualmente é responsável, como gerente editorial, pelas obras de Gilberto Freyre publicadas pela Global Editora, tendo revisado as notas bibliográficas e elaborado os índices remissivos e onomásticos de cinco livros de Freyre publicados pela mesma editora: *Casa-grande & senzala*, *Sobrados e mucambos*, *Ordem e progresso*, *Nordeste* e *Insurgências e ressurgências atuais*.

PERCURSOS DA CRÔNICA

A crônica é provavelmente o gênero literário de maior popularidade no Brasil. É o texto que traz o olhar sobre o que pouco se nota, impressões sobre eventos, situações, pessoas, crenças e hábitos que fazem parte, de algum modo, de esferas do dia a dia. Sua prosa transmite familiaridade aos leitores, proporcionando uma identificação quase natural. De curta extensão, ela cria sintonia com o cotidiano de um público amplo, em jornais e revistas.

Diante das transformações pelas quais passou, pontuar a origem da crônica não é tarefa fácil. Muitos apontam como seu berço o mundo antigo, quando Heródoto, considerado o "pai da História", já registrava acontecimentos de seu tempo e do passado. Outros, por sua vez, atribuem aos cronistas da Idade Média o nascedouro da prática da escrita de memórias.

No Brasil, a crônica se aninhou com tamanha espontaneidade que muitos afirmam ter ela se tornado um gênero tipicamente nacional. Machado de Assis, ele mesmo um grande cronista, brinca que o gênero teria nascido de um papo entre as duas primeiras vizinhas:

> Essas vizinhas, entre o jantar e a merenda, sentaram-se à porta, para debicar os sucessos do dia. Provavelmente começaram a lastimar-se do calor. Uma dizia que não pudera comer ao jantar, outra que tinha a camisa mais ensopada do que as ervas que comera. Passar das ervas às plantações do morador fronteiro, e logo às tropelias amatórias do dito morador, e ao resto, era a cousa mais fácil, natural e possível do mundo. Eis a origem da crônica.

Apesar das variações encontradas nos textos abrigados no campo da crônica, parece justo dizer que eles são fruto da terra onde são gerados, pois são tingidos pelas formas de expressão do lugar de sua concepção e suas linhas buscam em geral dar conta de aspectos e especificidades que compõem o mundo ao seu redor.

Contemporâneo de Machado de Assis, José de Alencar também mergulhou com volúpia na delícia de recompor remexendo aqui e ali o que sua mente observadora captava. "Ao correr da pena", Alencar usou e abusou da paródia e da autocrítica em suas crônicas, explorando na escrita delas os limites entre o real e o ficcional. Os jornais e as revistas, berços da crônica no país, foram aos poucos sendo cada vez mais ocupados por elas. O time de cronistas de primeira linha no Brasil prosseguiu aumentando ao longo da virada do século XIX para o XX, tempo em que sobressaem os nomes de Olavo Bilac e João do Rio. Sem medo, a crônica foi se beneficiando da fala coloquial e, assim, pavimentou seu caminho de sucesso na literatura brasileira.

Nas primeiras décadas do século XX, outros craques da crônica apareceriam com força máxima, como Lima Barreto, Eneida de Moraes e, um pouco depois, Rachel de Queiroz. Na seara do Modernismo, o público leitor presenciaria uma profusão de grandes romancistas, contistas e poetas que se revelariam exímios cronistas, como Alcântara Machado, Mário de Andrade, Manuel Bandeira e Oswald de Andrade. É preciso recordar também que Carlos Drummond de Andrade, Cecília Meireles e Vinicius de Moraes, geralmente lembrados por seus poemas, transitaram harmoniosamente por esse gênero literário.

A todos esses, foram se juntando outros nomes que alçaram a crônica brasileira a um nível excepcional, como Stanislaw Ponte Preta (Sérgio Porto), Paulo Mendes Campos, Fernando Sabino, Otto Lara Resende, Zuenir Ventura, Marina Colasanti, Affonso Romano de Sant'Anna, Ivan Ângelo, Ignácio de Loyola Brandão, Ruy Castro, entre outros. Assistiu-se no Brasil do século XX à publicação de livros essencialmente compostos de crônicas, um fenômeno, é bom frisar, que permanece em plena atividade.

Construir uma narrativa formada por impressões a respeito de um fato do calor da hora não reside na única via disponível para se tecer uma crônica. Sua natureza aberta escancara à frente do autor um mundo de possibilidades. Abordar um acontecimento miúdo como mote para encontrar na sua essência aparente ou nos seus arredores significados que transcendem aquilo que a maioria consegue enxergar é uma alternativa. Outro itinerário ao bel-prazer do cronista é o de aproveitar o espaço que tem para narrar deliberadamente os detalhes de um mundo recriado em sua imaginação.

Talvez por ter formulado como nenhum outro uma mistura das diferentes maneiras de conceber crônicas, Rubem Braga é hoje considerado o expoente do gênero no Brasil. Suplantando o efêmero que muitas vezes sentencia o texto ao esquecimento e valendo-se de uma envolvente despretensão, ele conta suas histórias como quem sopra um dente-de-leão, cujas sementes voam sem direção precisa e, mesmo assim, atingem em cheio a alma dos leitores.

Tida durante algum tempo como um gênero literário de menor relevo, a crônica brasileira superou há muito tal diagnóstico. Seus autores arrebataram e certamente continuarão arrebatando corações e mentes de gerações de leitores, sempre interessados nos pormenores da "vida ao rés do chão", para utilizarmos a expressão que Antonio Candido cunhou ao delinear o âmago da crônica.

Sem sombra de dúvidas, as crônicas do sociólogo pernambucano Gilberto Freyre não perdem em nada em qualidade quando comparadas aos seus textos ensaísticos. Suas contribuições para jornais e revistas trazem observações certeiras tanto sobre aspectos mais prosaicos da vida como sobre temas de maior complexidade. Quem se arvorar pelas páginas deste volume poderá captar aquele que seria, segundo o próprio Freyre, um dos principais traços que um bom analista da sociedade deve ter: a empatia, qualidade que consiste na habilidade para se posicionar no lugar do objeto em questão. Seja abordando as mudanças em curso na sua cidade natal – o Recife –, seja tecendo comentários sobre temas como a alimentação ou a infância, o sociólogo concebe aqui reflexões de um intelectual ciente da responsabilidade de seu ofício.

Gustavo Henrique Tuna

SUMÁRIO

Retratos da vida em movimento 15

Conservar é preciso 23
[O passado em perigo] 25
[A importância de um nome de rua] 29
[Doces vagares] 32
[O encanto dos nomes primitivos] 34
[O exagero camaradesco do brasileiro] 38
A rede brasileira 40
Alimentação como identidade 43
[A arte de bem comer] 45
Plantas e valores brasileiros noutras partes do mundo 48
Razões do paladar 50
Cozinha brasileira 52
Em defesa do mundo natural 55
[Grande amigo das árvores] 57
[A devastação das matas] 60
"Vende-se lenha" 63
A cidade da febre cinzenta 65
Flores, plantas e casas 67
A propósito de ar poluído 68
Ecologia, situação social e alimentação no Brasil:
alguns aspectos 70
Histórias da infância 73
[Brinquedos de menino] 75
Paz, guerra e brinquedo 77
Abrasileirando Papai Noel 80
Brinquedos, pessoas e animais 82
As cidades e seus encantos 85
[New York vista do alto] 87
[As árvores de Washington] 91
Ruas de doces sombras 95

Cidade onde é quase sempre verão 97
Revendo Lisboa 101

Informações sobre as crônicas 103
Bibliografia do autor 105
Sobre o autor 110

RETRATOS DA VIDA EM MOVIMENTO

Não é à toa o fato de Gilberto Freyre ter vindo ao mundo no ano de 1900, na virada de um século. Ao longo de sua trajetória intelectual, o sociólogo dedicou-se à difícil tarefa de reconstituir e explicar as transformações, as viragens, as rupturas na história das sociedades, em especial a brasileira.

Filho de Alfredo Freyre, professor de Direito, e de Francisca de Mello Freyre, Gilberto Freyre nasceu no Recife, Pernambuco, em 15 de março de 1900. Em casa e no Colégio Americano Gilreath, destacou-se primeiramente por seus desenhos, os quais já guardavam o colorido de sua linguagem escrita. Aliás, quando criança, certa demora para aprender a ler e escrever acabaria causando algum temor em sua família, receio esse que logo se desmancharia. Leitor voraz de escritores brasileiros e estrangeiros a partir da segunda década de vida, Freyre desenvolveria logo uma habilidade incomum na concepção de textos que marcariam o que se conhece a respeito da formação histórico-social brasileira. Ao lado de sua produção no campo das ciências humanas em que procurou decifrar o Brasil, enveredou pelo romance e pela poesia e colaborou em jornais e revistas, abordando uma gama ampla de assuntos, sempre com perspicácia.

Acostumado a lidar com fatos, Gilberto Freyre teve suas primeiras experiências com a escrita como redator do jornal *O Lábaro*, publicado por ele no Colégio Americano Gilreath, no qual registrou suas primeiras linhas. É importante lembrar que, antes de publicar seus primeiros textos ensaísticos sobre o Brasil, Freyre afiou sua escrita na imprensa. Em 1918, enquanto estudante da Universidade de Baylor, Texas, Estados Unidos, começou a colaborar no *Diário de Pernambuco*, no qual contava pormenores da vida norte-americana, comentando figuras da política, bem como passagens cotidianas que teve a oportunidade de observar ou mesmo vivenciar. De volta ao Brasil em 1923, a colaboração no *Diário de Pernambuco* prosseguiu. As perplexidades que brotam no jovem sociólogo em seu retorno à terra natal se fazem presentes em vários de seus artigos dessa época. As transformações na paisagem da capital pernambucana são por ele captadas, ocupando boa parte de suas preocupações. Ruas com novos nomes em substituição aos antigos, derrubada de árvores, poluição de trechos de rio e do mar que banha a cidade são novos acordes de um Recife que as antenas de fina sintonia de Freyre escutam e identificam como acordes de um mundo desafinado.

De volta ao Recife, Freyre foi um dos principais articuladores do movimento regionalista, que rivalizava com o movimento modernista gestado em São Paulo, o qual teve como epicentro a Semana de Arte Moderna, em 1922. Ao lado de escritores e artistas oriundos da região Nordeste, Freyre apontava para a necessidade de valorização de tradições em aparente processo de desaparecimento. Apesar de o Modernismo também sublinhar a importância dos valores de um passado tradicional, Freyre argumentava que para solucionar os principais dilemas da sociedade era vital dar voz aos saberes regionais, contrapondo-os ao que ele acreditava ser o processo de uniformização da produção artística que enxergava no Modernismo arquitetado em São Paulo.

Ao longo dos anos 1930, Gilberto Freyre concebeu parte importante de sua extensa obra. Em 1933, seu livro *Casa-grande & senzala* abalou o meio intelectual, destacando os aspectos do processo de colonização portuguesa na América. Por meio de uma prosa envolvente e ao mesmo tempo munido de uma pesquisa histórica de enorme fôlego para a época, o sociólogo construiu uma interpretação que, se por um lado revelou os constrangimentos impostos pelos colonizadores, também buscou realçar o papel central desempenhado pelos indígenas e, com maior ênfase, pelos africanos na gênese de um caráter nacional. Com a obra de Freyre, os escravos africanos apareceram pela primeira vez nos livros de história como elementos ativamente centrais na construção da nação. Numa perspectiva inovadora, o sociólogo vislumbra a mistura étnica que se verificou na formação histórica brasileira como um fator vantajoso para a sociedade que aqui se gestava.

Em *Sobrados e mucambos* (1936), obra que dá sequência à reflexão iniciada em *Casa-grande & senzala*, Freyre trata do período em que tal aparente equilíbrio de forças entre colonizadores e colonizados entraria em sério perigo, motivado pelo processo de urbanização do país que se intensificaria a partir de 1808. Seu livro *Nordeste*, de 1937, expõe tanto os aspectos visíveis como aqueles mais imperceptíveis que formaram o universo particular da produção açucareira na referida região brasileira, em páginas cujo estilo se assemelha ao de um romance, habilidade digna de um grande escritor.

Em seus livros, Freyre buscou debruçar-se sobre temáticas, conjunturas e episódios vinculados principalmente ao seu país. Como ensaísta e estudioso da vida social, empenhou-se em decifrar aspectos que caracterizariam o povo brasileiro, mergulhando fundo no estudo de sua história. Nesse processo, o sociólogo abordou questões de extremo relevo na história nacional, como o racismo e a concentração do poder político e econômico nas mãos de elites. Para clarificar as origens de tais temas e situações históricas, Freyre lançou mão de fontes e documentos inusitados para a época, como cartas, diários íntimos, relatos de viajantes estrangeiros que passaram pelo Brasil, entre outros registros. Entendia que a compreensão acerca de um determinado cenário histórico não poderia ser alcançada olhando somente para grandes episódios, geralmente concebidos à luz de documentos oficiais. A história se constrói para Freyre na reconstituição e explicação do miúdo, das vivências cotidianas. Assim, um conjunto variado de registros formava a base escolhida propositalmente pelo sociólogo para alcançar o âmago dos movimentos.

Mesmo tendo estabelecido sua residência no bairro recifense de Apipucos, Freyre comportou-se como um viajante ao longo de sua vida. Percorreu o mundo, conhecendo seus povos, suas paisagens, seus sabores mais típicos. Deu aulas em universidades norte-americanas e europeias. Tirou grande proveito desses momentos em que residiu no exterior, acessando bibliotecas e arquivos ricos em documentação sobre a presença portuguesa no mundo e lançando mão de certo "olhar estrangeiro", privilégio de quem soube como poucos pensar o Brasil numa nova perspectiva, estando fora dele.

Simultaneamente à produção de seus textos, o sociólogo firmou-se também como um homem de ação. Assim como realçava em seus escritos a relevância do legado africano para a cultura brasileira, procurou intervir pessoalmente em favor da valorização da herança africana em nosso meio. Forte exemplo dessa luta foi sua atuação central na realização do I Congresso Afro-Brasileiro no Recife, em 1934. Mais tarde, sua crença na necessidade de pensar as especificidades regionais do país – presente em seus primeiros textos – daria origem à criação, em 1949, no Recife, do Instituto Joaquim Nabuco de Pesquisas Sociais (hoje Fundação Joaquim Nabuco), órgão instituído por Gilberto Freyre durante seu mandato de deputado federal (1946-1950) e direcionado ao estudo das condições do pequeno lavrador e do trabalhador rural da região agrária do Nordeste.

Ao lado da atividade de intelectual composta da pesquisa e da leitura documental, Freyre também atuou na imprensa. Em entrevista concedida em 1979, destacou o que significou para sua trajetória ter começado a escrever para a imprensa quando ainda era estudante nos Estados Unidos, ofício que seguiu após retornar ao Recife, em 1923, época em que os estudos universitários engatinhavam no Brasil: "Meu meio de integração na vida intelectual brasileira foi o *Diário de Pernambuco*, dirigido então por Carlos Lyra Filho, homem inteligentíssimo. Convidara-me para ser colaborador permanente do jornal, ainda quando estudante no estrangeiro, e – coisa extraordinária para a época – começou a pagar-me pelos artigos".

Entre 1928 e 1930, Freyre encabeçaria o jornal recifense *A Província*, ocupando o cargo de diretor. Ao longo de sua vida, escreveu para outros influentes jornais brasileiros, como *Correio da Manhã*, *O Jornal*, *Jornal da Tarde*, *Jornal do Brasil*, *Jornal do Commercio*, *Folha de S.Paulo*, *O Estado de S. Paulo* e também para a prestigiosa revista semanal *O Cruzeiro*. Nessas publicações, o pernambucano tinha o costume de, por vezes, testar suas ideias, fornecendo breves amostras de suas reflexões, que, posteriormente, seriam desenvolvidas em textos mais extensos, como em seus ensaios e livros.

A seleção feita para este volume procurou apresentar temas que compunham o rol de interesses de Freyre e também elementos que fizeram parte de sua trajetória de vida. A seção que abre o livro, intitulada "Conservar é preciso", reúne textos nos quais expõe sua preocupação com a progressiva perda de um universo de valores na sociedade que ele acredita serem essenciais para que uma nação como o Brasil se desenvolva de forma sólida, respeitando suas raízes.

Na sequência, o bloco "Alimentação como identidade" concentra reflexões curtas do sociólogo sobre esse assunto que lhe dava água na boca. Desde a valorização de espécies vegetais nativas do Brasil no preparo de pratos até as técnicas culinárias ancestrais que se configuraram como tipicamente nacionais, nada escapa ao olhar e ao paladar de Freyre, apreciador de uma boa mesa e defensor dos saberes tradicionais no campo da gastronomia.

Vivendo no Recife, cidade de inegáveis belezas naturais, com seus rios, praias e árvores frondosas, Freyre desenvolveu uma intensa paixão pela natureza. Ao longo de sua vida, preocupou-se com os desequilíbrios nela provocados pela ação humana, conforme é possível captarmos pela leitura de seu livro *Nordeste*. Os artigos que aqui integram o segmento "Em defesa do mundo natural" são uma amostra de sua inquietação diante dos males que a modernidade viria a causar sobre os animais e plantas cuja vida merece, em seu ponto de vista, ser a todo custo valorizada.

A infância era outro tema que muito interessava a Freyre. Prova disso são os trechos de livros como *Casa-grande & senzala* e *Sobrados e mucambos* em que se dedica com profundidade a expor a vivência dos meninos e meninas nascidos nas sociedades patriarcais, bem como a dura infância vivida pelos filhos de escravos. Numa das passagens de seu diário *Tempo morto e outros tempos*, Freyre inclusive chega a confessar, em 1921, que planejava escrever "a história do menino – da sua vida, dos seus brinquedos, dos seus vícios – brasileiro, desde os tempos coloniais até hoje". Se não chegou a concluir tal objetivo, deixou belos textos sobre o assunto, como os selecionados para a parte "Histórias da infância" deste livro.

Encerrando o volume, as crônicas que compõem o segmento "As cidades e seus encantos" foram escolhidas no intuito de apresentar as impressões de Freyre sobre cidades em que morou ou esteve por longos períodos e pelas quais nutriu um carinho todo especial: Recife (sua terra natal), Rio de Janeiro, Nova York, Washington e Lisboa. É um privilégio contemplá-lo flagrando cenas, paisagens e personagens do mundo em que vivemos, os quais passam despercebidos aos olhos da maioria de nós.

O leitor deste conjunto de textos de Gilberto Freyre poderá vê-lo em ação exercitando seu pensamento em poucas linhas, diferentemente dos longos ensaios e livros que o tornaram célebre. Nestas reflexões breves, contudo, é possível apreender como ele captava e compreendia as lições do passado e as dinâmicas sociais de seu tempo. A presente coletânea representa, assim, uma oportunidade imperdível para testemunhar a rara capacidade desse grande analista social para identificar e interpretar os movimentos de um mundo em permanente mudança.

Gustavo Henrique Tuna

CONSERVAR É PRECISO

[O PASSADO EM PERIGO]

Estive outro dia a imaginar um café ao meu jeito para o Recife. Café ou confeitaria. Ou mesmo restaurante. Um café ou restaurante ou confeitaria que possuísse cor e característica locais. Que possuísse atmosfera.

É verdade que isso de atmosfera não se improvisa. É como os gramados de Oxford. Os quais levaram séculos a apurar-se. Desaparecido o velho Recife, será talvez impossível enxertar no novo, cuja arquitetura de anjinhos e confeitos não vai conservando o espírito daquele, o café ou o restaurante da minha visão.

Há um prêmio a que o Brasil deve concorrer na próxima exposição internacional. É o de devastador do passado. Devastador das próprias tradições. Nós as temos devastado e continuamos a devastá-las com uma perseverança digna de um *Grand Prix*. Com uma fúria superior à dos *dadaístas*: uns pobres teóricos.

Parece que só em Ouro Preto nos resta hoje do Brasil brasileiro dos nossos avós uma cidade ainda verdadeiramente de pé. O que faz daquele lugar tão morto um como santuário, uma como Lourdes, uma fonte de águas vivas para os que nos sentimos feridos quase de morte no mais íntimo da nossa personalidade nacional. O contato com os restos de Igaraçus e Olindas, a apodrecerem por aí, já não purifica ninguém. E entre um povo que assim devasta o seu passado, não é para surpreender a falta de características nacionais ou locais nos próprios cafés.

Entre povos mais viris os cafés fazem sentir ao estrangeiro um pouco e às vezes muito da vida local ou nacional. Nada mais alemão que esses deliciosos *Biergarten* e *Bierhallen* de

Munich, com as suas vastas pipas de cerveja e o ar todo cheio da fumaraça dos cachimbos de louça. Em Paris, num café da *rive gauche* – o *Soufflet* ou o *d'Harcourt*, por exemplo – sentem-se na atmosfera, com o cheiro de *cognac* e o de suor, os hábitos, as qualidades, os vícios até, do parisiense. Há em Paris cafés que serviram de escola e continuam a servir de escola para muitos rebeldes à rotina da beca. Há mestres que pontificam em "cafés", bebericando seu absinto. George Moore, esse como irmão mais moço de Wilde – um Moore que talvez ninguém conheça no Brasil – confessa que um café de Paris, um café da praça de Pigale, o *Nouvelle Athenée*, foi sua Oxford. O que certamente terá provocado o maior dos escândalos entre as negras becas de Oxford. É verdade que antes de Moore, um certo Robert Louis Stevenson, desdenhoso de Oxford como de um burgo podre, passara muito de sua mocidade a preguiçar pelas tavernas e pelos cafés nesses doces vagares e nesse mole langor de convalescente, que lhe permitiram vencer por tanto tempo os direitos da tuberculose sobre seu corpo franzino de criança.

Nos Estados Unidos, O. Henry vivia nos cafés de New York e New Orleans. Nesse seu preguiçar pelos cafés é que obteve a matéria virgem em que soube deliciosamente recortar tantas efígies: detetives, coristas, *hoboes*, capitães irlandeses, caixeirinhas, generais e coronéis da América Central. Eu próprio conheci em New York, numa taverna de subsolo, certo "Don Señor el General" parecido aos Ramon Angel de las Cruzes y Miraflores, de O. Henry. Dele ainda me foi parar às mãos, em Oxford, empolada proclamação em nome da Liberdade. Bom Dom Quixote esse, de quem muito aprendi.

Em New York a vida de café limita-se a certos grupos – intelectuais, estudantes, modelos, *hoboes*. A vida de *club* supre a de café entre os burgueses. Em Paris, ao contrário, não havendo quase vida de *club*, dificilmente se encontra quem não vá à tarde ou à noite ao café, para sua hora de cavaco ou de gamão. Em *La Rotonde*, nesse, a mais breve meia hora diante dum *bock* é uma meia hora de estudo fácil. Estudo de tipos. Os mais diversos tipos passam pela *Rotonde*: russos, japoneses, italianos, americanos e espanhóis. As mais diversas efígies, da cabecita ruiva dum modelo à cara angulosa dum inglês. Barbas formidáveis derramam-se pelas mesas. Barbichas de sátiros repontam de rostos insolentes. Entra um japonês ainda jovem e de rosto apenas salpicado por uma felpa muito negra de bigode: é Foujita. Passa um hindu com o ar de quem quer magnetizar os outros. Vicente do Rego Monteiro faz à toa uns calungas num papel. Leem-se jornais de toda parte, menos do Brasil. À porta, um velho de dentuça podre às vezes distribui papeluchos sobre *maladies intimes*.

Na Inglaterra o *club* – que naturalmente criou raízes entre um povo onde a camaradagem é só entre iguais, evitando-se esnobemente a promiscuidade dos cafés – faz do café uma instituição secundária. Em Oxford está-se nos botequins e nas cervejarias como um *sinful enjoyment* – numa volúpia pecaminosa – o ouvido atento ao primeiro *frou-frou* das sedas negras do síndico. Há entretanto em Londres em Dean St., no bairro dos teatros, um grupo interessante de *restaurants* pequenos. De um deles era cliente, durante seus dias na Inglaterra, o sr. Antônio Torres e aí estivemos juntos umas vezes, em jantares espiritualizados pela sua espantosa *verve* rabelaiseana.

Nessa mesma Londres conservam-se tavernas e *coffee-houses* onde outrora jantaram, riram e passaram boas horas de cavaco escritores e artistas ingleses. Shakspere – era assim que o poeta soletrava o nome – Donne, Ben Johnson, Goldsmith, o dr. Samuel Johnson, Reynolds – foram frequentadores de *coffee-house*. O dr. Samuel Johnson não faltava à sua, com aquele passo lento de urso ou de mulher grávida. "*Ursus Major*", chamou-o uma vez um poeta, Grey, cujos versos ele criticara, vendo-o arrastar por Fleet Street o corpo enorme de bom gigante.

Vejo, porém, que ainda não disse o que seria o tal café do meu jeito. Caracteristicamente pernambucano. Regionalmente brasileiro. Capaz de fazer sentir ao estrangeiro um pouco da nossa vida e do pitoresco local.

Imagino bem como seria semelhante café: uns papagaios em gaiolas de latas, coco verde à vontade pelo chão – não se serve coco verde nos cafés do Recife! – uma fartura de vinho de jenipapo, folhas de canela aromatizando o ar com seu pungente cheiro tropical. À noite, menestréis – cantadores! – cantando ao violão trovas de desafio; num canto uma dessas pretalhonas vastas e boas, assando castanhas ou fazendo pamonha. Ao seu lado, quitutes e doces, ingenuamente enfeitados com flores de papel recortado, anunciando uma culinária e uma confeitaria que constituem talvez a única arte que verdadeiramente nos honra. Isso, sim, seria uma delícia de café.

Atualmente, o que há é isso pelo avesso. Bonitas confeitarias como a *Bijou*, é certo. Mas sem características locais. Sem atmosfera. Sem caráter.

Ao chegar ao Recife, guloso de cor local, um dos meus primeiros espantos foi justamente numa confeitaria, diante da hesitação de um tio meu em pedir um mate. Talvez não fosse *chic*, o mate. Como não era *chic* pedir água de coco ou caldo de cana. Talvez até não nos fornecessem mate, como não fornecem nem água de coco nem vinho de jenipapo. Elegâncias. O *chic* era pedir um desses gelados de nomes exóticos. Esses sim, fazem supor refinamento de gosto. Elegâncias da *Fox-Film*.

14 de outubro de 1923

[A IMPORTÂNCIA DE UM NOME DE RUA]

"Que há num nome?" pergunta um personagem de Shakespeare. Que há num nome? devem perguntar desdenhosamente os prefeitos do Recife, ao mudarem, com um traço fácil de pena ou mesmo de lápis, os nomes de nossas ruas e praças.

Esse verbo "mudar" é aliás muito conjugado no Recife. Vive o Recife a mudar de casa, de profissão, de colégio. Ultimamente, quis até mudar de lugar, dando-se ao luxo dum terremotozinho, cuja realidade, entretanto, ninguém cientificamente apurou.

Mas sobretudo vive o Recife a mudar os nomes das ruas. Poderia mesmo sugerir-se que as placas com os nomes das ruas fossem entre nós de ardósia; e os nomes escritos a giz, bastando criar-se um lugar de calígrafo na prefeitura.

Um lugar? Vários lugares. E esses calígrafos seriam talvez gente mais azafamada que os reparadores dos sempre esburacados canos d'água ou dos nossos telefones de brinquedo.

Num simples nome de rua residem às vezes imensidades. Apagar um nome assim seria destruir imensidades.

A importância dum nome de rua não está em que a rua se pareça exteriormente com o nome. Já se diz num fado antigo que "Vista Alegre é rua morta; a Formosa é feia e brava; a rua Direita é torta; a do Sabão não se lava".

Mas num nome antigo de rua – ou melhor, no primeiro nome duma rua – há sempre alguma coisa de íntimo e espontâneo e até poético. Alguma coisa daquela "alma encantadora", sobre que João do Rio compôs todo um livro fácil de reportagem.

Um amigo meu chegou a convencer-me outro dia de que o nome "Aflitos" deve desaparecer do mapa do Recife. De fato, na estrada dos Aflitos moram hoje burgueses regalados e felizes, cujas casas possuem *abat-jour* e piano. Nada têm de aflitos.

Mas no dia seguinte passei pela estrada dos Aflitos a pé. E cheguei à conclusão de que deve continuar "Aflitos". Pois é possível que seus habitantes não vivam aflitos com aquela rua toda esburacada?

Havia no Recife ruas de nomes deliciosamente pitorescos. Basta recordar à toa: Rua das Águas Verdes, Travessa do Quiabo, Beco do Catimbó, Cruz das Almas, Ubaias, Beco da Facada, Rua das Crioulas. São nomes em que se sentem sugestões de poemas.

Hoje a Rua das Crioulas é rua – ou avenida? – Numa Pompílio. E o nome solene de Numa Pompílio dá ali a ideia de colado à goma arábica sobre o legítimo – tão ingênuo mas tão de acordo com o tédio moroso e lânguido daquela rua batida de sol. São nomes intrusos, os improvisados e impostos pelos conselhos municipais.

Rua das Crioulas, Estrada das Ubaias, Rua das Águas Verdes são nomes com a ingenuidade, o sabor, o colorido, o sem esforço dos primeiros nomes. Nomes quase espontâneos. E é injusto que um nome assim desapareça do mapa da cidade a um traço *non-chalant* de lápis oficial.

Ao Instituto Histórico, sempre tão atento aos embarques e desembarques, aos aniversários e às datas liberais, cabe opor-se a esse hábito execrável de mudar os nomes das ruas, de que há quinze anos parecem empolgados os nossos prefeitos e conselhos municipais. Porque o Instituto se propõe a zelar nossas tradições; e os nomes de ruas são tradições a zelar.

Ignoro, aliás, a quem se deve o ter a Rua da Imperatriz voltado a ser a Rua da Imperatriz de outrora, depois de toda uma série de revoluções onomásticas. E a Rua do Imperador a ser Rua do Imperador. Se é ao Instituto, parabéns ao Instituto.

E seria justo salientar que o atual prefeito, o sr. Antônio de Góes – a quem é fácil perdoar o leão de ferro fundido e a ponte maracajada do Parque Amorim diante do seu continuado esforço em prol da arborização da cidade – se tem mostrado livre da nevrose de mudar os nomes das ruas.

Mas tudo que se diga no Recife contra a mania de "mudar" inconscientemente, à toa e a todo pano e a favor do hábito de "conservar" inteligentemente, nunca é sem atualidade. Pelo que me parecem oportunas essas reflexões.

25 de novembro de 1923

[DOCES VAGARES]

A veiculação elétrica vai matando entre nós os vagares da delicadeza. Para viajar nos elétricos do Recife é quase indispensável ser acrobata de circo ou ter as pernas numa Companhia de Seguros.

E ai dos velhos e das senhoras gordas! Para estes, principalmente, deve ter todo o travo de uma aventura perigosa vir de casa à cidade num dos carros da Tramways.

Não falo *pro domo mea*: reconheço os direitos da velhice e da gordura feminina do ponto de vista absolutamente altruísta. Não sou nem velho nem gordo.

Menino ainda, conheci no Recife os velhos *bonds* tirados a burros, morosos e bons. Eram tão lentos que faziam esquecer o tempo. Eram uma escola de paciência. Mas pitorescos. Deliciosamente pitorescos. E tanto a velhice como a gordura feminina tinham então garantidos os seus direitos.

Agora, com os vertiginosos elétricos, raro é o dia em que me não é dado aos nervos o *frisson* de assistir a alguma acrobacia de possibilidades trágicas ou macabras. Outro dia foi um velho na Soledade. Vi-o quase cair de bruços, desastrosamente. Quem o salvou da queda foi um inglês ágil com o ar de telegrafista.

Dias depois foi uma senhora gorda: ao sinal do condutor desatencioso e apressado o elétrico partiu num ímpeto, deixando-a em ridícula postura. Hoje, diante dos meus olhos, uma velhinha quase sofreu formidável queda de um elétrico de Casa Amarela. Há uma ânsia de movimento da parte dos empregados da Tramways e uma ausência de senso de cortesia, de causarem espanto.

Naturalmente objetará algum *up-to-the-minute*: isso é inevitável. A morte da cortesia nos elétricos é inevitável. A cortesia passou com a saia-balão e a diligência e o *bond* de burro. A vida moderna não permite os doces vagares em que outrora se requintava a gentileza.

Não exageremos as exigências da vida moderna. Mesmo nos *subways* de New York, onde os passageiros se acotovelam com a maior sem-cerimônia deste mundo, da parte dos condutores a regra é a delicadeza. O grande escritor norueguês Knut Hamsun, que foi em 1921 o laureado do Prêmio Nobel, não conseguiu, quando moço, manter-se no ofício de condutor numa cidade americana, porque nas suas abstrações esquecia-se, muitas vezes, de anunciar os nomes ou números das ruas. Talvez se esquecesse também de ser cortês.

Não estou a querer nos condutores dos nossos elétricos suaves maneiras de secretário de legação. Mas o que me parece é que a Tramways, como a administração dos Correios – em cujos *guichets* a venda dum selo ou o registro duma carta assume o ar de imenso obséquio da parte do funcionário para com o público – bem podia exigir dos seus empregados, com o traquejo técnico, ligeiras noções de cortesia. Mesmo porque a vida no Recife não é assim tão intensa que não permita um pouco dos vagares delicados de outrora.

30 de março de 1924

[O ENCANTO DOS NOMES PRIMITIVOS]

Já uma vez sugeri que as tabuletas das ruas no Recife fossem de ardósia; e a Prefeitura mantivesse um corpo de calígrafos – gente muito desvalorizada com a vitória da máquina de escrever – para ir escrevendo os novos nomes. Seria a melhor solução do problema. A mais econômica.

Aliás, isso de nomes novos serve apenas para confundir e torturar os estranhos. Nada mais característico da confusão atual que o bonde da Rua da Aurora trazer a tabuleta com esse nome quando, oficialmente, não há Rua da Aurora no Recife.

É que, para o bom pernambucano, Rua da Aurora continua Rua da Aurora; Cabugá continua Cabugá; Imperial, Imperial; Parnamirim, Parnamirim; Ponte d'Uchoa, Ponte d'Uchoa; Rua Nova, Rua Nova (ainda que a mudança para Barão da Vitória date de 1870 ou 1875); Chora Menino, Chora Menino; e Campina do Bodé, Campina do Bodé.

Entretanto, não seria mau que se agitasse no Recife um movimento para restituir às tabuletas oficiais o encanto dos nomes primitivos.

Ramalho Ortigão disse à cidade de Évora o que se pode dizer ao Recife e a Olinda: que ao estrangeiro inteligente não atraem as avenidas novas nem as praças novas. Atraem-no as igrejas antigas, os velhos prédios, as ruas sinuosas e os seus nomes arcaicos ou sugestivos.

Nós temos no Recife, por esse delicioso bairro de São José, restos deliciosos de arquitetura amouriscada; sobrados de salientes sacadas sobre cães de pedra; casas de beirada arrebicada; janelas enxadrezadas, como a sugerir mistérios.

As velhas janelas do Recife. Diante delas estamos como diante dos olhos do nosso passado a deitar para nós seus últimos olhares. São janelas cujas rótulas velaram muito olhar guloso de mulher; muito olhar de doente; muito olhar de criança ansiosa de conhecer os mistérios da rua.

Um olho que parece todas as noites um triste olho de queixa sobre o Recife novo é o daquela janela escancarada do nicho da igreja do Livramento. De que se queixará? Talvez de lhe terem levado os renovadores sua irmã mais velha – o Corpo Santo, e seus irmãos, os Arcos de Santo Antônio e da Conceição.

Voltando aos velhos nomes de ruas: eu não sei que argumentos de simetria ou de estética ou de higiene se possam invocar contra eles. "Águas Verdes" – que é um tão delicioso nome – recorda, é certo, um canal que ia até o pátio do Terço, ficando no tempo seco as águas paradas e verdes. Mas haverá algum mal ou dano à saúde na simples recordação dum fato talvez anti-higiênico?

Os velhos nomes têm o que os novos e improvisados não podem ter: raízes. Raízes que às vezes os prendem a flagrantes anedóticos como o nome de Cabugá e o de Concórdia; e outras vezes a tradições e histórias de mal-assombrado como o da rua que se chamou de Encantamento; e o Chora Menino; e a Rua das Trincheiras.

A Rua do Encantamento ficou assim chamada por causa da aventura extraordinária dum frade em certo sobrado antigo e mal-assombrado. Uma noite, entrando o frade no sobrado, atrás duma mulher bonita, "quando ambos estavam assentados e juntos" – são palavras dum cronista – "aquela desaparece, e no centro da sala vê ele um esquife em que reconhece a beleza que viva estivera pouco antes ao seu lado". Parece um conto de Hoffman.

O nome de Chora Menino está ligado à "Setembrizada"(1831). Durante o saque da cidade pelos soldados, referem os cronistas que muito foi o sangue que correu. Não havia a menor cerimônia em matar e roubar. E grande número de vítimas foram sepultadas naquela campina perto dum sítio do português chamado poeticamente "O Mondego". E os que alta noite passavam pela campina ouviam sempre choro de menino – que era por certo o choro dos inocentes ali sepultados.

Rua da Concórdia foi o nome que por sugestão de Maciel Monteiro, presidente da Câmara Municipal de 1840 a 1845, conciliou certa contenda entre o carpinteiro Manuel José, que ali construíra a primeira casa, e o sr. José Fernandes, que logo depois edificara um grupo de casas, pretendendo cada qual dar o nome à nova rua. A justiça de Salomão seria talvez que a rua se chamasse Manuel Fernandes: mas não foi preciso, porque os contendores aceitaram o nome sugerido por Maciel Monteiro.

O nome de Cabugá – refere Barbosa Viana, baseado em pesquisas do sr. Sebastião Galvão – provém de "esbrugar" (dar dinheiro sobre penhores). O ourives Cruz, pai do famoso Cruz Cabugá, tinha ali sua loja; e "esbrugava". Adianta o cronista: "Tinha o ourives um filho de fala embaraçada que costumava perguntar aos que se apresentavam na loja – qué bugá? (quer esbrugar?) do que se ficou conhecendo a casa pelo nome de "québugá". Nome que viria a corromper-se em Cabugá.

O nome "Rua das Trincheiras" recorda as trincheiras com que aí se defendeu a ilha de Antônio Vaz no tempo da Guerra Holandesa; "Rua das Hortas", extenso quintal cultivado pertencente à igreja de São Pedro; "Estância", a estância ou posto de Henrique Dias.

Madalena, Torre, Monteiro, Giquiá, Apipucos são todos nomes de engenhos; e com Águas Verdes, Camboa do Carmo, Parnamirim recordam como o Recife se alastrou ao que é hoje: sobre as águas dos canais, das camboas, dos riachos e sobre os verdes canaviais dos engenhos de açúcar.

Donde poder escrever um poeta "futurista":

Recife, cidade verde,
verde, verde, verde,
muito verde,
muito verde,
verde, verde,
verde.

21 de setembro de 1924

[O EXAGERO CAMARADESCO DO BRASILEIRO]

É interessante como o brasileiro é camaradesco. Horrivelmente camaradesco. Quase ao primeiro contato está a tratar a pessoa que lhe é apresentada pelo nome cristão e por "você"; a comentar-lhe o laço da gravata, o modo de trazer o bigode, o trajo, as botinas, a aparência, a saúde; a notar-lhe a semelhança ou dessemelhança com Camilo Castelo Branco ou com o sr. Mário Sette; a fazer revelações sobre a própria saúde e sobre as próprias botinas e sobre os próprios amores.

O exagero camaradesco do brasileiro e o seu desdém por esse como pouco de goma na camisa que ao menos nos primeiros contatos a cortesia manda conservar no trato, devemos atribuí-lo a sermos o povo mais amigo da rua que se possa imaginar.

E a rua faz essas camaradagens fáceis; faz essas sem-cerimônias de trato; faz esses improvisos de sociabilidade a que se contraem os pudores esquisitos.

A rua, no Brasil, é para largo número a sala de visitas. A sala de estar. Muitos conservam fechada a sala de visitas com os seus inevitáveis espelhos alemães, porta-cartões, oleogravuras, cadeiras amarelinhas de peroba com estofo de veludo *grenat*: bastam-lhe as relações promíscuas da rua.

Tempo houve em que a rua foi até sala de jantar. No princípio do século XIX, a burguesia recifense vinha jantar, nas tardes de verão, à porta da rua ou na calçada, sobre esteiras de pipiri. Estendiam aí os guisados, as travessas de cioba, os pratos fundos de pirão e, em legítima China cujo colorido refulgia à lua, devoravam os bons dos burgueses os espessos jantares, "servindo-se dos cinco dedos", segundo consta da crônica de F. P. do Amaral.

Quando o sr. Agripino Grieco escreve que o brasileiro não gosta da rua e vive agarrado às quatro paredes do lar "como a tartaruga à sua carapaça", confesso-me absolutamente incapaz de louvar-lhe a agudeza de observação que tantas vezes tenho louvado. Quando me falam em ser o brasileiro esquivo à sociabilidade eu me lembro dos que a provocam, dos que a forçam, dos que a improvisam nas ruas e nas praças; dos que aceleram conhecimentos fortuitos em camaradagens de "você" e de "tu".

Pendor para a sociabilidade não falta aos brasileiros. Somos dos povos mais gregários deste mundo. O que falta ao brasileiro é regular a sociabilidade pela cortesia; é saber conservar nas relações sociais certo pudor e certa reticência.

Os próprios "admiradores" – os que forçam apresentações na ânsia de contatos ilustres – são entre nós gente horrivelmente camaradesca. A pessoa admirada vê-se tratada por "fulano" e "você" quando menos o espera. Contra esses admiradores e suas sem-cerimônias, já em Londres me advertia o sr. Antônio Torres.

Deles a lógica deve ser que a admiração por um certo indivíduo implica direito ou licença à camaradagem com o mesmo indivíduo. Abraço. Palmadinhas nas costas.

Sucede, entretanto, que ninguém menos interessante no maior número de casos que um admirado visto de perto. O admirador deve conservar-se à distância: olhando a pessoa admirada pela fisga da porta ou pela rótula da janela; não se barateando para obter um sorriso ou aperto de mão, tantas vezes de simples indulgência nem se prevalecendo do fortuito ou do acaso do conhecimento para intrusões camaradescas.

Admirar não dá ao admirador direito nenhum à camaradagem do admirado. Os admiradores deviam convencer-se de que raramente oferecem o menor interesse à pessoa admirada. E de que o melhor – tanto para o admirado como para o admirador – é não se conhecerem de perto.

30 de novembro de 1924

A REDE BRASILEIRA

Li um dia desses, numa das nossas revistas ilustradas, caloroso elogio a novo tipo de cadeira de repouso, destacado como funcional, moderno, criação de uma época, que se vai esplendidamente libertando em arquitetura e noutras artes de todos os arcaísmos. Mas quem vê a reprodução fotográfica do novo tipo de cadeira de repouso não hesita em concluir: trata-se de mais uma variante, sob a forma de móvel moderno, da velha rede dos nossos avós ameríndios. Rede que parece ter sido adotada no século XVI, principalmente pelo português, colonizador do Brasil: talvez o europeu mais ágil e mais sábio na assimilação e na utilização de valores tropicais, quer de natureza, quer de arte. Estamos nós, brasileiros e portugueses dos vários Portugais, na obrigação de nos conservar atentos a essas supostas invenções que representam simples variantes de adaptações já realizadas pelos nossos antepassados. Não é justo que tais adaptações sejam esquecidas para que as variantes brilhem com todo o esplendor de novidades absolutas, criadas do nada por funcionalistas dos nossos dias. A nossa vigilância deve manifestar-se nos momentos exatos, relembrando antecipações portuguesas e luso-brasileiras no sentido da assimilação de valores, técnicas e costumes tropicais que se vêm universalizando, entre gentes civilizadas, graças, principalmente, a iniciativas portuguesas e luso-brasileiras. A rede está neste caso. Seus derivados são apenas seus derivados. Não representam criações absolutas, como pretendem certos entusiastas ingênuos do modernismo, que se diz funcionalista. Em viagem de 1951 a 1952 pela África e pelo Oriente, notei ser ainda muito pouco usada entre as populações dessas áreas a rede ameríndia ou brasileira, que tanto se adapta àqueles meios tropicais. Porque os cearenses não tomam a iniciativa de propagar a sua, a nossa rede, entre indianos, árabes, africanos, é inércia que escapa à minha compreensão. A rede talvez possa tomar algum relevo entre as várias exportações brasileiras para outros países tropicais.

10 de março de 1956

ns como identidade
ALIMENTAÇÃO COMO IDENTIDADE

[A ARTE DE BEM COMER]

Se "o destino dos povos depende da maneira como eles se alimentam" (Brillat-Savarin, *Physiologie du goût*), é tempo de se agitar no Brasil uma campanha pela arte de bem comer. Seria ao mesmo tempo uma campanha pela nacionalização do paladar.

Nosso paladar vai-se tristemente desnacionalizando. Das nossas mesas vão desaparecendo os pratos mais característicos: as bacalhoadas de coco, as feijoadas, os pirões, os mocotós, as buchadas.

Haveria talvez maior virtude em comer patrioticamente mal, mas comidas da terra, que em regalar-se das alheias. É mais ou menos o que faz o inglês. Entre nós sucede que as comidas da terra não exigem semelhante sacrifício. O nosso caso reduz-se antes a este absurdo: estamos a comer impatrioticamente e mal o que os franceses comem patrioticamente e bem.

Há perigo num paladar desnacionalizado. O paladar é talvez o último reduto do espírito nacional; quando ele se desnacionaliza está desnacionalizado tudo o mais. Opinião de Eduardo Prado.

"Há sentimento, tradição, culto da família, religião, no prato doméstico, na fruta ou no vinho do país", escreveu Joaquim Nabuco. E há. Nada mais inglês que o pudim de ameixa; nada mais português que a bacalhoada; nada mais brasileiro que o pirão.

Divino pirão! Nunca no Brasil se pintou um quadro nem se escreveu um poema nem se plasmou uma estátua nem se compôs uma sinfonia que igualasse em sugestões de beleza a um prato de pirão. Artur de Oliveira descreveu-o uma vez: uma onda de ouro por onde se espaneja o verde das couves.

E a propósito: por que um artista brasileiro não se dedica à pintura voluptuosa dos nossos pratos? Há nos pratos brasileiros um luxo de matéria virgem: assuntos para toda uma série deliciosa de *natures mortes*.

Mas o fim destas notas é antes proclamar a necessidade de nos reintegrarmos no que há de mais nosso: no paladar, que é o último reduto da nacionalidade. Há todo um programa de ação nacionalista no regresso à culinária e à confeitaria das nossas avós.

O Segundo Reinado foi, no Brasil, a idade de ouro da culinária. Chegamos a possuir uma grande cozinha. E pelos lares patriarcais, nas cidades e nos engenhos, pretalhonas imensas contribuíam, detrás dos fornos e fogões, com os seus guisados e os seus doces para a elevada vida social e política da época mais honrosa da nossa história.

Havia então no Brasil a preocupação de bem comer; nossas avós dedicavam à mesa e à sobremesa o melhor do seu esforço; era a dona de casa quem descia à cozinha para provar o ponto dos doces; era a senhora de engenho quem dirigia o fabrico do vinho de jenipapo, da manteiga e dos queijos; à mesa de jantar rebrilhavam nos dias de gala baixelas de prata; e o *Jornal das Famílias* publicava, entre versos de Machado de Assis e contos do dr. Caetano Filgueiras, receitas de cozinha muito dignas da ilustre vizinhança.

Dos visitantes estrangeiros de 1845 a 1886 é quase certo que só os dispépticos se limitaram a dizer mal do país: Fletcher, Kidder, Radiguet, Scully elogiam-nos todos a fartura da cozinha e o viver patriarcal.

Radiguet, por exemplo, dá como um dos maiores encantos da terra o sabor esquisito dos doces, dos cremes e dos licores de frutas indígenas; manga, araçá, goiaba, maracujá. Dos regalos da nossa sobremesa foi-se mais que saudoso o epicurista francês: "*flattent le palat et l'odorat*", escreve com água na boca no seu *Souvenirs de l'Amerique Espagnole*.

De modo que a idade de ouro da nossa vida social e da nossa política coincide com a idade de ouro da nossa cozinha. Exagero eu, ou digo despropósito, atribuindo um tanto às excelências da cozinha o esplendor da política e o encanto da vida social daquela época? Creio que não.

Nem creio haver despropósito em afirmar que na conservação da nossa cozinha, ameaçada pela francesa, está todo um programa de ação nacionalista. "Rumo à cozinha", deve-se gritar aos ouvidos do Brasil feminino. Rumo aos livros de receitas das avós.

Na Inglaterra, no meado do século XIX, jovens aristocratas e intelectuais de gosto organizaram-se num grupo conhecido por Young England, em cujo programa figurava em relevo este ponto: trabalhar pela elevação da arte culinária na Inglaterra.

O esforço dos jovens não conseguiu grandes coisas: a cozinha inglesa continua a mais horrível das cozinhas. Talvez devido aos extremos de higiene come-se execravelmente na Inglaterra e em parte dos Estados Unidos. Parece que o forno e o fogão, quando cercados de exageros sanitários, tomam o ar horrível de laboratório: a arte da cozinha passa à ciência; e, passando de arte à ciência, degrada-se. Diminui-se. Lembra-me que esta minha teoria mereceu em Londres a aprovação do sr. Antônio Torres. O qual vai ao extremo de atribuir à muita água e ao muito sabão efeitos perniciosos sobre a estética da vida.

No Brasil não se trata propriamente de elevar a arte da cozinha: trata-se de conservar nossa riqueza de tradições culinárias. Trata-se de defender nosso paladar das sutis influências estrangeiras que o vão desnacionalizando.

Não sei como ao presidente da República que entre nós primou pelo nacionalismo e pelo encanto da hospitalidade – o ilustre sr. Epitácio Pessoa – não ocorreu a ideia a um tempo patriótica e encantadora de receber os embaixadores às festas do Centenário a licor de maracujá e a guisados de mocotó.

10 de fevereiro de 1924

PLANTAS E VALORES BRASILEIROS NOUTRAS PARTES DO MUNDO

Um estudo a ser cuidadosamente feito é o da expansão de plantas ou valores vegetais brasileiros – ou americanos – noutras terras. Especialmente em terras de formação portuguesa.

Ainda há poucos anos, em viagem pela África e pela Ásia, encontrei comovido, em mais de uma região remota, plantas de origem brasileira cultivadas proveitosamente por velhos povos tropicais, alguns quase de todo ignorantes do Brasil. Por intermédio do Brasil português, ou do Portugal, várias plantas ou valores vegetais americanos chegaram a terras quentes da África; e mesmo ao Extremo Oriente.

Da batata, introduzida em Macau pelos portugueses, disse-me um douto em coisas luso-chinesas: "já salvou da fome muito chinês". E prometeu enviar-me de Macau informações concretas sobre o assunto.

A mandioca, encontrei-a na Guiné, em Cabo Verde, na Angola. Encontrei-a no Oriente. Dela não se faz uso tão extenso quanto no Brasil. Mas é hoje parte importante do sistema de alimentação luso-tropical. O cajueiro floresce na Índia com o mesmo à vontade da mangueira indiana no Brasil.

Do milho americano, introduzido em Portugal, dizem geógrafos especializados em assuntos econômicos como o professor Orlando Ribeiro que realizou verdadeira revolução na paisagem, na economia e no sistema de alimentação de Portugal da Europa. O tomate – outro americano – também: tanto que, fora de Portugal, de quase todo prato ou quitute avermelhado pela presença mais **flamboyante** do "fruto do tomateiro" diz-se que é "à moda portuguesa".

O jacarandá brasileiro é empregadíssimo na África na arborização das ruas mais nobres. O tabaco – ainda outro valor americano – é cultivado hoje em mais de uma região luso-tropical. Também o cacau é valor das terras americanas que se cultiva hoje em áreas africanas. Sua presença recorda, às vezes nitidamente, a influência não só do Brasil, em geral, como da Bahia, em particular. É o que se sucede com o cacau de São Tomé: descendente direto do cacau baiano. E também com a seringueira de Singapura: descendente da amazônica do Brasil. Espécie de filha adulterina do Brasil levada para o Oriente sob a forma misteriosa de um rapto.

Essas expansões brasileiras – ou americanas – devem ser objeto de cuidadoso estudo especializado. Veríamos então que o Brasil não é terra de todo parasitária das outras: tem contribuído de algum modo para o que o velho Branner chamava "o bem-estar da raça humana", deixando que em terras semelhantes às suas os homens cultivem com proveito vegetais brasileiros ou plantas americanas.

19 de abril de 1959

RAZÕES DO PALADAR

O falador é como o coração de que fala Pascal: tem razões que a Razão desconhece.

As preferências por vasilhame de material tradicional – barro – por exemplo – ou por colheres grandes de pau, para com elas mexer-se o alimento em preparo ou tomar-se o seu ponto, não se limitam a alimentos dos chamados de resistência: estendem-se a doces de frutas, canjica, sobremesas de milho. Também neste setor, supõe-se, dentro de velha tradição brasileira, em geral, nordestina, em particular, conservar o vasilhame, pela natureza como que telúrica, ecológica, do seu material, aquele "teor gustativo" a que se referem especialistas em nuances de paladar.

No extremo Norte do país, as cozinheiras tradicionais se considerariam indignas de sua arte se fossem obrigadas a usar na feitura do açaí, por exemplo, outras vasilhas que não fossem a panela ou o alguidar de barro. No Nordeste, do doce mexido, durante sua feitura, com outra colher que não seja a de pau, dizem as doceiras tradicionais, que corre o risco de não adquirir seu verdadeiro gosto.

Há, assim, uma íntima aliança entre parte da doçaria nordestina mais regional, além de mais tradicional, e o vasilhame e, sobretudo, a colher de mexer – ortodoxamente, a de pau – que se empregue na sua feitura. Nas feiras da região, a colher de pau, como a cuia e a farinheira, também de pau, o alguidar e a panela de barro continuam a ter compradores não só rústicos como sofisticados. Os sofisticados, pelo fato de reconhecerem que neste particular – o resguardo do sabor castiço de certos alimentos, quer na sua feitura, quer na sua conservação – a razão está com os adeptos do vasilhame e das colheres telúricas.

Compreende-se que estando ainda vivas, entre alguns brasileiros do Nordeste, tais tradições, sintam eles uma invencível repugnância pelo doce de lata; e só compreendam como verdadeiro doce o feito em casa e com aquele material telúrico e seguindo ritos até litúrgicos que, no preparo de vários doces, são ritos quase religiosos.

9 de março de 1969

COZINHA BRASILEIRA

Quando o viajadíssimo escritor europeu Blaise Cendrars me disse uma tarde, em Paris, que, a seu ver, a cozinha brasileira era uma das três melhores do mundo, as outras duas sendo a francesa e a chinesa, não me surpreendi. Apenas fiquei contentíssimo de ver o meu ufanismo, neste particular, de brasileiro, confirmado por um europeu, além de lúcido, corrido por seca e meca. E como europeu de boa estirpe, *gourmet* e talvez também de *gourmand*.

Há quem pense que nossa maior glória está na música. Outros, que está na arquitetura. Ainda outros, que nem na música nem na arquitetura, porém no futebol. Creio que assim opinando tendem a subestimar, com a ênfase dada às suas preferências, a gata borralheira que vem sendo a culinária, à qual se liga a doçaria. Esta é – penso eu – como arte coletiva, sem heróis individuais como um Villa-Lobos, um Oscar Niemeyer, um Pelé, mas tendo há séculos a seu serviço numerosos mestres-cucas quase anônimos nos modos porque guardam e desenvolvem uma tradição vinda de dias remotos. Tradição múltipla a começar pela vinda de conventos de Portugal, através da mistura de cheiros de bom azeite com os de incensos litúrgicos, à qual se juntou a adquirida da Índia. Depois a trazida da África. E desde o começo do Brasil, a adquirida dos próprios indígenas. Tradições que formam uma cozinha castiçamente brasileira. E, como tal, rica, complexa e variada. Sem as finíssimas sutilezas da francesa ou da chinesa, é certo. Sem artistas que possam ser considerados heróis, individuais, é também verdade. Mas nem por isso menos arte.

Não lhe faltam, aliás, surpreendentes sutilezas, através de combinações criadoras, de novos sabores e estes nacionalmente brasileiros. Daí sua riqueza, sua complexidade, sua variedade de sabores. Sabores que não se contradizem. Completam-se para regalo de quem saboreia alguns dos seus pratos, deliciando-se com surpresas como os sete gostos que contém um bolo brasileiro chamado "Palácio Encantado". Atingem vários quitutes brasileiros que reúnem várias influências, uma unidade de composição como que semelhante à de certas composições musicais de Villa-Lobos. Composições consagradoras de um sabor como que primaz. Como que imperial. Mas sem lhe faltarem gostos satélites como é o caso da feijoada em que o gosto do bom do feijão reina mas não governa de todo.

Lembre-se a propósito de culinária brasileira, sobre a qual reina a feijoada, o que dizia a Oliveira Lima, Eduardo Prado: que o paladar é a última coisa no homem que se desnacionaliza. Pode-se dizer do brasileiro expatriado que ele sofre, fisiológica e sentimentalmente, a saudade dos pirões nativos e dos doces regionais. Sobretudo os mais ligados à sua meninice. São carne de sua carne e sangue do seu sangue.

24 de abril de 1977

EM DEFESA DO MUNDO NATURAL

[GRANDE AMIGO DAS ÁRVORES]

Sou um grande amigo das árvores.

Aquela afinidade de irmão que o Santo de Porciúncula sentia com todas as coisas da natureza, desde o "irmão sol", a "irmã cinza" e da "irmã água" ao "irmão lobo", experimento-a diante das árvores.

Dizem que foi uma floresta desfolhada pelo aquilão, toda em agudo esqueleto, que inspirou a catedral gótica. É um fato ainda a apurar. Apurado, seria o maior elogio da árvore.

Sabe-se que no Japão o culto das árvores e o culto dos mortos se confundem quase num só. As árvores são ali compêndios de religião. No país da necrofilia os mortos voltam à vida na flor e no fruto das árvores.

Na cerejeira, por exemplo, está refugiado um espírito de ama de leite. De uma ama de leite que deu a própria vida para salvar a da criança a quem amamentava. Donde o rubor das cerejas: são os bicos dos peitos. Donde o branco da florescência: o próprio leite do sacrifício.

Surpreendi há tempos uma das pretas mais horríveis e mais boçais que têm exercido o ofício de cozinheira em puro enleio de São Francisco de Assis. Era diante de uma jaqueira. Não a chamava a preta "irmã jaqueira"; mas a chamava "minha nega". E com uma ternura untuosa que me encantou. Aquilo era poesia. Pura poesia. Poesia intraduzível no francês. Obrigado, irmã cozinheira!

É todo um mundo, rico e plástico, o da simbologia das nossas árvores. Incorporado, no Brasil, cada vez mais, à vida e à arquitetura há de dar grandes coisas.

A árvore é uma força nacionalizadora. Atente-se no cajueiro: não há dólico-louro, por mais afeiçoado à verticalidade do pinheiro, que lhe resista à doce influência abrasileirante. E quando a folha do cajueiro tiver substituído a do acanto já se poderá falar numa arte brasileira.

A árvore é também uma força de fraternidade entre as nações. Dois pedaços de pau, atravessado um sobre o outro, bastam para reunir, numa só fé e num só amor, hotentotes e franceses, alemães e armênios, russos e filipinos. A cruz é a maior glória da árvore.

De todas as árvores a que eu mais amo e reverencio é a palmeira. Diante de uma aleia de palmeiras dá vontade de tirar o chapéu e seguir de ponta de pé como por uma catedral ou por um templo. E a palmeira é de fato o símbolo da imortalidade. Imagino às vezes as janelas de Port Royal deitando para um bosque de góticas palmeiras.

Lafcadio Hearn encontrou o cemitério de Mouillage sumido num palmeiral: e no meio do palmeiral a morte lhe pareceu luminosa.

A árvore é tão boa que depois de embelezar e sanear a vida, ilumina a morte. Donde o crime horrível dos que maltratam a menor das árvores.

O Recife, outrora uma cidade de árvores – tanto que sob as gameleiras se operavam as mais importantes transações da praça – passou por uma fase de estúpida perseguição às árvores. Perseguiam-se as árvores como na Índia se perseguem as feras. Ao menor pretexto a estética oficial ou a higiene fazia rolar uma gameleira.

Com o prefeito Lima Castro a estética oficial mudou um tanto de rumo. No sr. Lima Castro tivemos aquela *avis rara*: um prefeito de gosto educado. Mas o próprio sr. Lima Castro tinha antes a paixão dos relvados e dos canteiros que a das árvores. E a larga política arborizante iniciou-a, em grossa ofensiva, o sr. prefeito Góes, a quem eu, entretanto, objetaria, se estivesse de veneta, o mau hábito, ou antes o mau gosto, de cortar demasiado rente o cabelo às árvores, como se elas fossem detentos ou meninos de orfanato.

Vejo anunciada para o dia 13 uma "Festa da Árvore" que me interessa singularmente. É quase a ideia por mim sugerida de New York em 1921 e aqui reforçada pelo bom gosto do sr. Aníbal Fernandes e pelo bom senso do sr. Samuel Hardman.

De New York eu particularizava a Faculdade de Direito, cuja condição precária estava longe de supor: hoje não ignoro que o palácio do Riachuelo foi antes um enterro de primeira classe que uma instalação definitiva. Tem mesmo o excesso de dourados característicos dos funerais de luxo.

Mas o que eu sugeria de New York era que a Faculdade de Direito rodeasse o seu belo edifício de árvores. De grandes *flamboyants* de umbela escarlate e de finas e góticas palmeiras. Hoje eu sugeriria que se plantassem acácias; têm a vantagem de crescer mais depressa.

A Escola Normal do Estado vai fazer dia 13 a "Festa da Árvore". A iniciativa é do diretor Ulysses Pernambucano. Será assim comemorado com o maior dos encantos e o maior dos proveitos o 60º aniversário da Escola.

Compreende o dr. Pernambucano que não nos convêm os canteiros donde o sol forte, num dia ou dois, suga todo o frescor e todo o encanto do flox. Isso de canteiros é bom para Montreal, que é onde os vi mais lindos. Mas em Montreal o sol quase não tem ação: é como um marido de professora.

A "Festa da Árvore" no dia 13 deve servir de exemplo a todo Pernambuco. Deve repercutir em todo o Nordeste. É o meio mais belo e mais prático de comemorarmos as novas datas, nesta *regio adusta* do Brasil.

11 de maio de 1924

[A DEVASTAÇÃO DAS MATAS]

Há no projeto do sr. Pedro Allain, visando à regularização municipal do corte de madeiras, certa melancolia de trem atrasado.

Ao escutar-lhe a leitura uma dessas terças-feiras, no "Centro Regionalista do Nordeste", lembrei-me do muito que, à vontade, se tem escalvado de paisagem pernambucana: dos outeiros tristemente nus que ondulam à margem da "Great Western" numa zona outrora célebre pela fartura do arvoredo: a do Sul de Pernambuco.

Raros senhores de engenho ou donos de terras conservaram aí, à semelhança do sr. Pedro Paranhos, em Japaranduba, as chãs cobertas de matas; ou cuidaram do replantio; ou limitaram a exploração de madeiras a limites razoáveis, como nos tempos coloniais mandavam avisos régios e editais de capitães-mores que se fizesse, sob penas severas para a infração.

De modo que a paisagem se acinzentou como por uma maldição ou uma praga. Outeiros nus e secos se sucedem. E a terra jovem e ainda em bruto e cheia de viço tropical, assim escalvada e seca, é como um adolescente a quem a mais brava das febres houvesse arrancado o cabelo.

A devastação das matas fez-se, entre nós, neste século brasileiro de independência, democracia e direitos do homem, com uma sem-cerimônia espantosa. Os estadistas de todos os ramos, demasiadamente preocupados com a questão dos limites do poder moderador e outros problemas de alto interesse para o sistema constitucional e liberal, desalhearam-se dos mesquinhos assuntos que haviam preocupado os governadores e os corregedores e a magistratura e as câmaras municipais da era colonial.

Na era colonial, refere o cronista Mello Moraes, citado por Pereira da Costa, "o governo de Lisboa, voltando suas vistas para a conservação das matas e dos bosques, expressamente os recomendou aos corregedores de comarcas e às câmaras municipais, quer nas 'Ordenações do Reino', quer em vários atos legislativos posteriormente decretados". E ainda: "em 17 de março de 1796 baixou um ato régio criando uma nova magistratura com o cargo de Juiz Conservador das Matas".

Em Pernambuco destacou-se o governador colonial Dom Tomás José de Mello – interessantíssima figura a estudar e a fixar – pelas medidas não só a favor da arborização da cidade do Recife, que lhe valeram estes versos de um contemporâneo, citados numa crônica da cidade de A. J. Barbosa Viana:

Quem cansado chegar de longe via,
Escutando das aves os reclamos,
À sombra poderá de verdes ramos,
Passar as horas do calmoso dia

como também de repressão ao corte imoderado das matas.

Pereira da Costa cita dois editais de Dom Tomás de Mello que bem podem ser considerados os antecedentes do Projeto Allain. O primeiro desses editais – de 18 de março de 1789 – estendia suas restrições "às comarcas do Recife, Paraíba e Alagoas". O segundo – de 26 de janeiro de 1791 – reservava ao Rei largos trechos de mata, à beira do riacho Pirangi-grande e do Una.

E sucederam-se durante a era colonial os avisos régios mandando os governadores "vigiar sobre as matas", punir os devastadores, punir os incendiários, reivindicar para a Coroa matas de particulares "dando-se-lhes em compensação datas de terras devolutas".

O século de independência não manteve neste ponto, como em tantos outros, a tradição dos séculos coloniais. Os por vezes caluniados séculos coloniais.

Na Câmara Federal agitou o problema o sr. Augusto de Lima: o projeto morreu melancolicamente. Igual destino teve em Pernambuco o projeto apresentado ao Congresso do Estado pelo sr. Faria Neves Sobrinho em sessão de 26 de maio de 1904.

O Projeto Allain parece destinado a sucesso. E tê-lo-á – se Deus iluminar o Conselho Municipal.

1º de fevereiro de 1925

"VENDE-SE LENHA"

Esse "Dia da Árvore", que o governo brasileiro acaba de instituir, vem encontrar a cidade do Recife espetada, em certos recantos elegantes e de onde deveria irradiar o bom exemplo, de tristonhas e vergonhosas tabuletas: "Vende-se lenha".

Ainda domingo último, neste mesmo jornal, estranhava o sr. C. Lyra Filho a sem-cerimônia desses picadeiros de lenha em pleno coração da cidade; e pedia ao sr. prefeito do Recife que dirigisse para o assunto sua atenção e seu interesse.

Nada mais oportuno do que renovar hoje esse pedido. Ninguém pode negar ao sr. prefeito Antônio de Góes um grande, um excepcional carinho pelo problema da arborização das ruas e praças do Recife. E desse carinho é justo esperar um sério e definitivo esforço no sentido de dificultar o vergonhoso comércio do "vende-se lenha" que se vem desenvolvendo com sacrifício da beleza, do caráter e da higiene da cidade.

Vimos há meses fracassar melancolicamente, abafado pela generosidade de prestigioso conselheiro municipal a quem os comerciantes de lenha se apresentaram como vítimas da "tirania" de uma regulamentação apenas em esboço, o bem organizado projeto do sr. Pedro Allain.

É lamentável que tão interessante e urgente projeto de lei morresse como morreu. É lamentável que os jornais do Recife não tivessem desenvolvido em prol do esforço do sr. Allain e contra os interesses pequeninos que se levantaram para o sacrificar, mal desabrochou, a campanha que aos mesmos jornais competia desenvolver.

Amanhã, "Dia da Árvore", será dia de festa. E excelente ocasião para excitar no espírito de uns, e avivar no de outros, o amor à árvore; a devoção pela árvore.

Nos Estados Unidos é hoje uma profissão, ao lado da de veterinário, a do médico ou dentista das árvores: especialista que se encarrega de salvar o arvoredo ameaçado de apodrecer ou definhar, tapando com um como cimento os buracos nos troncos.

Será possível que, em contraste com semelhante carinho cirúrgico pelas árvores, continuemos nós a fazer da árvore, exclusivamente, objeto de comércio e devastação? A considerá-la desprezível pé de pau?

20 de setembro de 1925

A CIDADE DA FEBRE CINZENTA

Depois de uns dias friorentos, horrivelmente friorentos, o Rio voltou ontem ao seu quase natural de cidade com febre. De cidade a estalar de febre. A envolver a gente num grande hálito de febre.

A febre do Rio já não é a amarela. É a cinzenta. É a do sol que bate forte no asfalto e do asfalto sobe, terrível. A não ser pelas ruas estreitas tão boas camaradas da gente numa cidade tropical, é quase impossível andar a pé, no Rio, nestes dias de sol, sem a consciência de um esforço doloroso. Sem a impressão de estar atravessando de pés descalços fogueira de São João. Como outrora negros velhos em Pernambuco.

Imagine-se que o Rio tem um diretor de arborização que, mal principia setembro – o verão! – manda podar as árvores de modo a deixá-las quase em esqueletos. Em ossos. Nuas. Negras. Sangrando.

Que este diretor de arborização – eu não sei nem o nome da criatura nem o rótulo oficial do seu cargo – mandasse podar as árvores de que ele toma conta como se cuidasse de um orfanato, estava direito. Elas precisam disto – umas mais, outras menos. Mas que o tal diretor se dê ao requinte de as reduzir a esqueletos com umas três ou quatro tristes e pudicas e raras folhas de resto, é que nenhuma pessoa de bom senso compreende.

A crueldade não é só desnecessária. Rouba à gente que anda a pé os seus melhores chapéus de sol, as suas mais doces umbelas, as suas sombras mais amigas nestes dias de sol forte, ar de febre, claridade de doer nos olhos, o asfalto reduzido a uma fogueira de São João para a gente atravessar, sem ser a noite milagrosa do Santo.

Um meu amigo, fino arquiteto, me assegura que o corte às árvores no Rio obedece a um capricho todo especial do diretor da arborização: que é o de dar ao Rio um ar de cidade europeia em tempo de invernos, com tudo quanto é árvore tristonhamente desfolhada. Eu não sei se é isso. O tal arquiteto, meu amigo, gosta às vezes de exagerar as coisas quando conversa com provincianos.

17 de outubro de 1926

FLORES, PLANTAS E CASAS

Leio em Lisboa, num jornal da manhã, que numa das províncias de Portugal e com o patrocínio do Serviço Nacional de Informações, vai realizar-se agora, na Primavera, um concurso de "janelas floridas". Não só janelas: também varandas e terraços. Mais ainda: "portas ou cimeiras dos prédios". Excelente ideia. Por que no Brasil não se promove coisa semelhante? Somos um país cheio de flores que está a tornar-se um país cada dia mais cheio de casas. Mas sem que se venha verificando a aliança, que era de esperar, num país do clima do brasileiro, entre casas, plantas, e flores. Ao Brasil faltam flores às janelas, às varandas, em torno às portas das casas. E o resultado disso é caricaturesco: algumas senhoras ornamentam o interior das suas casas com flores artificiais. Até mesmo com flores de papel. É certo que nas cidades maiores do Brasil há hoje, por inépcia dos administradores ou descuido dos urbanistas, o problema da falta de água, que Lisboa não conhece. Nem Lisboa nem Roma, onde as fontes são tantas quanto as praças; e as praças quase tantas quanto as ruas. Daí as muitas flores que se juntam às casas de Roma e de Lisboa, para torná-las conjuntos verdadeiramente idílicos durante os meses de primavera e de verão. Ao Brasil não faltam esses meses que em grande parte do nosso país são quase o ano inteiro. E a falta de água em cidades como o Rio e Recife representa uma imprevidência dos homens de governo e não uma imposição do clima ou do meio. Que se resolva no Brasil esse problema para felicidade não só das pessoas como das plantas e das flores como que ansiosas de concorrerem para o encanto da já famosa arquitetura moderna do Brasil.

6 de julho de 1957

A PROPÓSITO DE AR POLUÍDO

Alguém me informa que distinto médico, presente à recente convenção que reuniu no Recife especialistas no combate ao câncer, sorriu, com o seu melhor sorriso, não sei se voltairiano, se manchesteriano, do apelo que fiz na convenção, não de médicos, mas de senhoras empenhadas no mesmo combate, que se reuniu, também há pouco, no Recife; e à qual compareci para atender a insistente convite da sra. Dulce Feijó Sampaio.

O apelo foi ao futuro prefeito e aos membros da Câmara Municipal do Recife, no sentido de começar a capital de Pernambuco a acautelar-se contra as emanações dos bueiros ou das chaminés de fábricas mal situadas nos espaços urbano e suburbano; as quais corrompem, a seu bel-prazer, o ar da cidade e fazem, impunemente, danos à saúde – que segundo as definições mais modernas do que seja "saúde" inclui "bem-estar" – da população. E segundo especialistas europeus no assunto, concorrem de modo nada insignificante para o câncer pulmonar.

"Qual nada!" teria dito o médico ilustre, através do seu sorriso senão voltairiano, manchesteriano, de entusiasta absoluto do "progresso urbano-industrial"; e desdenhoso do que, ao seu ver, teria sido intrusão de leigo petulante em matéria apenas médica.

Sucede que a matéria não é apenas médica: é tão social quanto médica. Sucede também que se há médicos, voltairianos ou manchesterianos, que não acreditam em "ar poluído", há médicos convencidos do perigo, para a saúde das populações urbanas, da poluição de ar urbano.

Informante idôneo esclarece serem, de fato, nocivas "as emanações gasosas emitidas pelas usinas e fábricas", sendo "as mais nocivas as de óxido de carbono (CO), anidrido sulfuroso (SO_2) e benzopirene". Mais: "de modo particular, vem a ser prejudicial o benzopirene desprendido por certos veículos, assim como por chaminés... de fábricas". De tal tóxico há indícios de ser "cancerígeno, isto é, responsável pelo câncer pulmonar". Esses indícios são considerados tão veementes por especialistas alemães na matéria, que na República Federal Alemã há já leis severas de resguardo das populações urbanas contra o ar assim poluído ou contaminado.

A propósito de populações desdenhosas de tal problema, escreveu recentemente o prefeito de importante cidade europeia que o homem moderno parece às vezes a ponto de se deixar inermemente asfixiar por tais emanações "por ter esquecido que tem pulmões". Felizes das cidades cujos prefeitos se preocupam com problemas, além de médicos, sociais em vez de se apoiarem no saber de médicos além de voltairianos, manchesterianos, para os quais "medicina é medicina", não tendo o médico que prestar atenção a alarmes de sociólogos exageradamente preocupados – segundo eles – com os efeitos da industrialização desbragada sobre populações desprotegidas.

17 de novembro de 1963

ECOLOGIA, SITUAÇÃO SOCIAL E ALIMENTAÇÃO NO BRASIL: ALGUNS ASPECTOS

Que dizer-se dos recursos ecológicos de alimentação no Brasil? Que regiões são bem aquinhoadas desses recursos e que regiões são deficientes de alimentos naturais? Que política vem se desenvolvendo entre nós de equilíbrio na distribuição de alimentos desigualmente produzidos pelas várias regiões do país e cujo relativo equilíbrio em termos quer qualitativos, quer quantitativos pudesse concorrer em futuro próximo para uma média de brasileiro satisfatoriamente nutrido ou alimentado?

Este é um dos problemas com que têm que defrontar-se todos os estudiosos dos recursos brasileiros de alimentação em relação com a população nacional: quer com a sua distribuição por áreas desiguais em sua produção de alimentos básicos, quer com a também desigual capacidade aquisitiva dos diferentes grupos que constituem a mesma população: diferentes por sua situação econômica, em particular, ou social ou sociocultural em geral. Situação passível de ser alterada em futuros próximos.

É uma série de mapas a serem cuidadosamente levantados os que fixem essas diferenças assim como os que indiquem possibilidades de um maior equilíbrio no suprimento de alimentos à população brasileira, quer pelo aumento da produção econômica deles, em certas áreas, quer pela maior troca de alimentos entre essas várias áreas. Um problema de economia agrária, o primeiro. Um problema de comércio inter--regional, o outro. Mas um e outro com importantes implicações sociais, além de condicionamentos ecológicos.

Sabe-se, por exemplo, que as águas do Norte-Nordeste brasileiros não são ricas em peixes do tipo médio que sirva para grandes consumos em termos econômicos pelas populações regionais. Produz peixes excelentes porém caros: ao alcance econômico não de muitos mas de poucos. Enquanto as águas do Sul podem fornecer às populações do Norte-Nordeste esse peixe econômico através de técnicas de refrigeração e conservação pelo frio de alimentos. Citemos apenas um exemplo do condicionamento ecológico no Brasil de produção de alimentos básicos, suscetível de ser resolvido pelo transporte em condições de refrigeração que garantam o bom estado do alimento em área de consumo distante da de produção.

Agora, um exemplo do condicionamento econômico-social da mesma produção: o que é oferecido pela extensão latifundiária de áreas de monocultura que torne difícil, senão impossível a produção, nessas áreas, de alimentos, através das chamadas lavouras de subsistência. A população dessas áreas vê-se obrigada a adquirir por preços acima dos que seriam normais os alimentos essenciais à sua alimentação. A própria produção de frutas e legumes torna-se quase impossível, nas mesmas áreas, tal a tendência dos monocultores para dominarem todos os espaços que considerem arbitrariamente seus. Os alimentos que venham de outras áreas. Ou que sejam importados do estrangeiro, como aconteceu com a Amazônia nos dias do esplendor da borracha. Só uma atividade dominava a área amazônica: a da extração da borracha. Não se fazia agricultura. Não havia pecuária. Os alimentos importados eram caríssimos. E por não haver alimentos frescos que compensassem o consumo dos importados, desenvolveram-se na Amazônia dos grandes dias da borracha, doenças de carência: doenças menos de subnutrição que de má nutrição ao lado da anormalidade econômica de se pagarem preços elevadíssimos por alimentos importados.

Os problemas brasileiros de nutrição e alimentação precisam ser considerados, atendendo-se a essas suas relações com ecologias e com situações sociais e culturais. E não de modo abstrato ou seguindo-se conclusões estrangeiras a respeito de alimentos ideais.

11 de abril de 1971

HISTÓRIAS DA INFÂNCIA

[BRINQUEDOS DE MENINO]

Este Natal, vendo as lojas cheias de brinquedos e de caixas de chocolate, lembrei-me dos meus natais de menino. E dos meus brinquedos de menino.

Lembrei-me do pequeno mundo que eu fazia funcionar como se fosse um deus: pequeno mundo de soldadinhos de chumbo, dos quais desmilitarizava grande número por meio de tacos de pano e retalhos de papel que lhes serviam de sobrecasacas, fraques, batinas, alvas.

Neste mundo sucediam festas, missas, audiências de reis e presidentes de república, excursões de automóvel, desastres, casamentos, duelos, enterros, concertos de piano, conferências, sessões de congresso, revoluções.

As casas onde se passava a vida das criaturinhas de chumbo eram caixas de charuto, mobiliadas por uns quadradozinhos e triangulozinhos de madeira. As fachadas dessas casas eram tampas de caixas de sapatos com as portas e janelas desenhadas a lápis azul e recortadas a canivete. Caixinhas de fósforos serviam de automóveis. Caixinhas de joias serviam de coches fúnebres. E uma vez, de uma caixa redonda de bombons, fiz um circo, onde perante uma assistência brilhantíssima – reis, ministros, senhoras – apareceram cavalinhos de chumbo e outros bichos de miolo de pão.

Tinha o meu "mundo" a sua Great Western: um trem a princípio movido a eletricidade. Quando a eletricidade deixou de o mover, ao meu realismo de modo nenhum repugnou puxar o cordão o tal trenzinho – cujo maior encanto para mim era estar em deliciosa proporção com o tamanho dos soldados e o tamanho dos automóveis de caixas de fósforos.

Devo dizer que sempre me repugnou nos brinquedos de meninos meus conhecidos que pude observar a falta de proporção. No meu "mundo" a desproporção era inadmissível. Se uma vez misturei um polichinelo grande com os soldadinhos de chumbo foi para brincar de Gulliver: o polichinelo era Gulliver e os soldadinhos os liliputianos. Eu acabara de ler a história maravilhosa num livro de estampas – talvez o meu primeiro livro de estampas.

Com os meus civis e soldados de chumbo e o meu trem elétrico e as minhas caixas, o meu prazer era brincar egoisticamente só. Sentia a incompreensão dos outros meninos ante aquele mundo estranhamente meu; e à menor intrusão eu me contraía. Camaradagem só nos brinquedos de "manja" e "quatro cantos" – nos jogos de correr que um suave tio meu chamava "brinquedos brutos".

Devo, entretanto, dizer que uma vez levei a gentinha de chumbo, o trem e as caixas para um canto do quintal onde meu irmão, de volta do Engenho Ramos, fizera um engenho com uns tijolos e uns pedaços de lata: cocos partidos ao meio serviam de tachos onde rapaduras eram postas a ferver. A fornalha, enchia-a de gravetos o moleque da casa, cujo nome, sonoro como um nome de literato ou deputado, recordarei por extenso: Severino Rodrigues Lima.

Era plástico aquele meu "mundo" de gente de chumbo e de pequenas casas de madeira e papelão. Durou vários anos, porque quase todo o Natal vinha um novo batalhão que correspondia a uma nova geração; e o "mundo" assim se renovou por muito tempo. Mundo criado à minha semelhança e para reproduzir minhas experiências, minhas observações, minhas impressões de leitura e meus caprichos de imaginação – quem o poderia compreender?

28 de dezembro de 1924

PAZ, GUERRA E BRINQUEDO

Há um problema que lamento não ter levado à discussão na Conferência de Ciências Sociais reunida em Paris no verão do ano passado. É o problema do brinquedo: o brinquedo de menino. Também ele tem que ver com a guerra ou a paz entre as nações.

Pois se ao livro escolar de História e de Geografia e à biografia de herói devemos atribuir considerável importância na formação da criança, no seu desenvolvimento em adulto, no pendor para a guerra ou para a paz que venha a lhe caracterizar a personalidade de homem-feito em consequência de suas orientações e experiências de menino, igual importância deve ser atribuída ao brinquedo. O brinquedo pode ser posto ao serviço do pacifismo tanto quanto do militarismo; do internacionalismo compreensivo tanto quanto do nacionalismo agressivo.

Não é possível que o menino a quem se dê constantemente para brincar pistola ou revólver pequeno imitado de pistola ou revólver de gente grande, canhão ou soldado de chumbo, espingarda ou tanque de madeira ou de lata, espada ou facão de folha de zinco, cresça impregnado de outro espírito senão o de guerra entre as nações, o de luta entre os homens, o de agressão violenta ao estranho. Através do brinquedo, do mesmo modo que através do livro de Geografia ou de História exageradamente patriótico, da biografia de herói estreitamente nacionalista ou virulentamente militarista, criam-se no menino ou no adolescente predisposições quase sádicas para a guerra. Predisposições que dificilmente são anuladas ou sequer atenuadas nele pelos sermões pacifistas que ouve nas igrejas, pelas lições de internacionalismo que lhe dão nos ginásios ou nas universidades, pelas viagens de cordialidade ou boa vizinhança ao estrangeiro que empreende na mocidade ou depois de homem-feito. O mal já está feito. O espírito da criança é eterno. Sendo a criança "o pai do homem", o homem-feito não consegue, senão à custa de raro heroísmo, libertar-se das impressões mais cruas daqueles brinquedos que despertaram na sua personalidade ainda em formação o gosto exagerado pela guerra, pelas batalhas, pelas armas de fogo.

De modo que os brinquedos belicosos estão concorrendo tanto quanto aqueles livros escolares em que a Conferência de Paris reconheceu obstáculos sérios à boa compreensão entre os povos para tornar difícil o internacionalismo ou a convivência internacional. Pois o nacionalismo agressivo se serve de espingardinhas de pau do mesmo modo que das verdadeiras, de brinquedos de chumbo da mesma maneira que de livros escolares para se perpetuar entre os homens. Enquanto não procurarmos dominá-lo nas suas raízes, ele zombará dos nossos esforços para reprimi-lo nas extremidades. Cortando-se simplesmente os galhos mais incômodos, não se vence este duro e profundo inimigo.

Encontrei há pouco numa revista inglesa a informação de que os progressos feitos ultimamente na química, na engenharia e na psicologia estão exercendo poderosa influência sobre a arte ou a indústria britânica de brinquedos para meninos. Só a matéria plástica representa um mundo novo para o fabricante de brinquedos. Permite que se fabriquem brinquedos mais higiênicos que os antigos. Que se fabriquem brinquedos coloridos cujas cores resistem ao próprio sol dos trópicos. Que se faça do brinquedo um instrumento mais dócil e, ao mesmo tempo, mais vivo da educação da criança no sentido de desenvolver nela o sentido de cor, o de forma, o de tato. E é possível – acrescento eu – que se desenvolva um tipo de brinquedo móvel, à maneira das esculturas de Calder.

Tudo isso soa muito agradavelmente aos ouvidos daqueles que têm filhos pequenos a educar, olhos e mãos de meninos a encher com brinquedos ao mesmo tempo recreativos e educativos. O que, porém, muitos pais brasileiros desejam é encontrar nas lojas de brinquedos menor número ou menor variedade de espingardinhas, canhõezinhos, soldadinhos, batalhõezinhos, cruzadorezinhos, bombardeirozinhos, tanquezinhos, revolverezinhos e maior número ou maior variedade de brinquedos dos chamados construtivos: trenzinhos, automoveizinhos, chalezinhos, bonecos à paisana, pequenas pás e enxadas, pequenos regadores e ciscadores. E, sobretudo, blocos de cor para a construção de casas, igrejas, pontes, cidades. Massas de cor para a criação de figuras de pessoas, animais, árvores, flores, frutas.

Os brinquedos que estão ganhando os melhores entusiasmos dos meninos ingleses – inclusive das meninas – me informam que são hoje os chamados arquiteturais. E sua difusão entre a gente britânica é uma das evidências de que o socialismo na Grã-Bretanha é antes construtivo e arquitetural do que belicoso e militarista. Belicoso e militarista ele continua, segundo parece, na Rússia Soviética.

Seria, entretanto, interessantíssimo saber-se exatamente com que tipos de brinquedos as crianças do Império Soviético estão hoje brincando. É possível que ao culto do "Marechal de Aço" se junte o brinquedo de guerra ficando para uso externo as eloquentes proclamações de Paz.

Nos Estados Unidos não há dúvida: o brinquedo de guerra está, infelizmente, na moda. Talvez esteja também na moda na Argentina. Não sei se esse aspecto de belicosidade foi fixado pelo meu inteligente amigo Arnon de Melo na sua recente viagem de observação à admirável República do Sul.

30 de abril de 1949

ABRASILEIRANDO PAPAI NOEL

Será que ao Papai Noel que vem ganhando corpo no Brasil, e deixando de ser névoa europeia, devamos opor com toda a aspereza e intransigência um agreste "Vovô Índio"? Creio que não. Seria uma explosão de nativismo cru, ingênuo e ridículo semelhante àqueles patriotas dos começos do século XIX que andaram querendo opor ao vinho do Porto, a aguardente de cana, ao pão de trigo, o cuscuz de mandioca, ao próprio incenso de igreja, o benjoim.

O que, entretanto, é possível fazer-se, sem ridículo nem nativismo excessivo, é abrasileirar-se o velho Noel numa figura que se harmonize com o clima tropical do Brasil. E não apareça no dezembro brasileiro aos meninos do nosso país sob aquelas suas peles e aqueles seus algodões de velho do Norte mais frio da Europa.

Assim como em vários países tropicais, padres, frades e freiras da Igreja Católica vêm com a devida licença de Sua Santidade o Papa, substituindo os pesados e escuros hábitos europeus por leves e claras vestes em harmonia com os climas quentes, poderíamos, no Brasil, ir sujeitando aos poucos o bom do Papai Noel a uma suave adaptação de trajo ao meio brasileiro. E o Brasil, na noite de Natal, é um país tropical em pleno ardor de verão.

Que continue a tomar corpo entre nós o Papai Noel, já que assim o deseja a maioria da gente brasileira. Mas que se liberte o excelente velhote dos seus excessos de agasalho contra um frio que não se sofre aqui em dezembro.

Por que não vem Papai Noel de branco? Ou de "chambre" de cor, mas de tecido leve e tropical? E sem peles, sem algodões, sem golas felpudas?

De branco, como um frade dominicano, ele continuaria fiel ao principal de sua indumentária. De branco ou de simples "chambre" que continuasse vermelho. Ninguém lhe encurtaria as barbas para que se tornassem as de um Vovô Índio. Nem suas faces deixariam de ser as de um europeu cor-de-rosa: muitas são as faces brasileiras assim róseas. Apenas o tropical, o claro, o leve do trajo o harmonizaria com o clima brasileiro. Com o dezembro brasileiro. E suas botas de pisar neve poderiam ser substituídas por sandálias também leves de sertanejo.

10 de abril de 1954

BRINQUEDOS, PESSOAS E ANIMAIS

Quando estudante de universidade, uma das minhas preocupações foi a sociologia do brinquedo. Parecia-me haver nas relações da criança com seus brinquedos-pessoas, isto é, bonecas e bonecos de toda espécie, um mundo digno da observação, da análise e do estudo do sociólogo ou do antropólogo. E foi sob essa preocupação que durante algum tempo visitei, armado de *carnet* e lápis, fábricas e lojas de brinquedo e colhi de fabricantes e vendedores de bonecas e bonecos informações sobre as preferências das crianças com relação a formas, cores, dimensões de tais brinquedos-pessoas. Ocorreu-me então a ideia de que o Brasil talvez fosse país destinado a ser um dos maiores centros de fabrico desse tipo interessantíssimo de brinquedos, dada a tendência brasileira para personalizar animais em compadres e comadres dos homens. Sendo assim, muito boneco poderia ser fabricado para regalo da meninada brasileira que fosse a personalização de bichos caracteristicamente brasileiros: tatu, tamanduá, capivaras, paca, tartaruga. Agora que começa a desenvolver-se em nosso País a indústria de brinquedo, ouso lembrar a esses industriais, pioneiros de uma atividade que talvez acabe aumentando as rendas de divisas do País e, ao mesmo tempo, concorrendo para acentuar o prestígio do Brasil no estrangeiro como nação-líder de civilização tropical – inclusive pela arte do brinquedo inspirada em motivos, formas e cores dos trópicos – que se voltem para a personalização de animais caracteristicamente brasileiros, em bonecos capazes de se tornarem compadres e comadres dos meninos não só do Brasil como do exterior. Pelo brinquedo, a criança pode adquirir um saudável sentido de pertencer a um mundo que não é só de asfalto, de cimento e de ferro, mas também de vegetação. Inclusive o cuidado pelos animais. Pelas tartarugas que estão sendo exterminadas no Norte do Brasil pela brutalidade dos homens. Pelas borboletas e pelos pássaros de bela plumagem que estão desaparecendo de várias regiões brasileiras, perseguidos pelos fabricantes de *souvenirs* de mau gosto e de adornos para burgueses perversamente elegantes. O brinquedo que valorize e personalize o animal pode criar entre os brasileiros nova atitude para com esses e outros animais das nossas matas e da nossa terra.

7 de abril de 1956

AS CIDADES E SEUS ENCANTOS

[NEW YORK VISTA DO ALTO]

Pleno verão. New York está cheia de sol e de chapéus de palha com as fitas de cor, de roupas de seda japonesa, de calças de flanela e de sapatos de sola de borracha. Já os meios-dias são intoleráveis e à noite é preciso escancarar a janela para dormir bem.

Domingo passado parece que New York inteira estava em Central Park e em Riverside. Riverside é a avenida que se estende ao longo da barranca do rio Hudson. É o orgulho de New York. Alguns dos seus edifícios são magníficos. No outro lado, ao rés d'água, erguem-se, dentre a massa verde do arvoredo, *bungalows* acolhedores e aqui e ali fumega a chaminé de uma fábrica. Entre as duas barrancas estão sempre a passar barcos – alguns a vela, descendo o rio num favor doce de aragem, sem esforço nem bulha; outros a vapor, fazendo a água serpentear e deixando um rasto de espuma; outros, simples botes, ligeiros, obedientes ao impulso dos remos que manejam belos rapazes de braços nus. E faz agora cerca de vinte dias que parte da Esquadra americana veio também fundear, em silêncio, nas águas do Hudson, dando à paisagem, ao longo da avenida, uma como nota patriótica.

Para gozar essa paisagem, ou simplesmente para gozar a brisa do rio, o ar livre e o sol, é que havia tanta gente pelo Riverside, domingo. Principalmente à tarde. E estava de fato agradável – o calor tendo declinado. Os próprios autos – de ordinário monstros a correr esbaforidos – passavam devagar, de capota arreada. Nos largos passeios, crianças a brincar. Meninas, de belos cachos de ouro, saltavam à corda. Pequenos brincavam de *baseball*, cada um fazendo de conta que era Babe Ruth. Mulheres elegantes, masculinizadas, saias pelo joelho, passeavam levando pela corrente cãezinhos felpudos ou *Boston terriers*. Galopavam cavaleiros. Afluía gente, em grandes ondas, às estações das barcas fluviais que levam aos subúrbios quietos de New Jersey, excelentes para pacificar os nervos que New York põe em contínua tensão. Os *buses* iam e vinham repletos. E notei que eram os heróis do dia. Desejadíssimos. Devem fazer uma fortuna esses autos "com primeiro andar", nos domingos, como o último, de sol, pois não há quem não queira gozar a paisagem e o ar trepado num *bus*.

É de fato sensação agradável furar por esta New York de meu Deus – pela Quinta Avenida, pelo Riverside, pela Broadway – trepado superiormente num *bus*. Num "primeiro andar" aberto de *bus*. O homem gosta de ver as coisas do alto. E daí a atração do *bus* – isto é, do "primeiro andar" do *bus*. A paisagem, as casas, a gente a mover-se nas ruas, tudo se nos torna acessível, fácil de ver, do alto de um *bus*, a rodar, como em triunfo, por entre veículos, ao menos em alturas inferiores. É um prazer. Uma delícia.

Que o *bus* toma mais tempo que o comboio subterrâneo (*subway*) ou o *elevated* é verdade. Porém no verão nada mais desagradável que viajar num *subway*. Principalmente às horas de lufa-lufa. Ao incômodo dos apertos junta-se o do mau cheiro de suor. O outro, o *elevated*, é sempre desagradável e perigoso.

A companhia de *buses* de New York possui cerca de trezentos veículos. Num ano esses trezentos *buses* transportam, aproximadamente, a bagatela de 36 a 37 milhões de passageiros. E os acidentes são raros. Acidentes fatais, raríssimos.

Foi depois de vagar um pouco pelo Riverside que me trepei num *bus* domingo passado, e me fui cidade abaixo.

Passamos o monumento onde está o túmulo de Ulysses S. Grant. Cortamos a Broadway, em Cathedral Parkway. Some-se então dos nossos olhos, tapada pelos casarões, a vista do rio.

Passamos perto da Catedral de São João, o Teólogo – uma mole enorme. Em pouco tempo, o *bus* voa pela Quinta Avenida. Na vidraçaria dos palacetes rebrilha o sol. Vemos o casarão onde morou Carnegie. Em Central Park as mesmas cenas de vida ao ar livre – crianças que brincam e jogam, vovós que costuram sob árvores tranquilas, nenês polpudos a dormitar nos seus carrinhos. Em frente da estátua de Sherman corre água duma fonte e a criançada pobre e meio rota, aos gritos de alegria, refresca os pés nus na água limpa.

Perto de Times Square, metade da gente deixa o *bus*. Estamos agora na zona mais congestionada de New York. É um mover-se difícil, tanto de veículos como de peões. Algo como um terceiro dia de carnaval ou tarde de Procissão dos Passos aí no Recife. O tráfego na altura de Times Square – de fato, em grande extensão da Quinta Avenida – é regulado por meio de lanternas de cor, do alto de uns como quiosques, no meio da rua: luz branca, livre; vermelha, mudança de sinal; verde, estacar.

Continua o *bus* a rolar pela Quinta Avenida. Começa a gente a perceber que os edifícios, em vez de espantosos, são simples. É que são mais velhos. Passamos pela Catedral de St. Patrick, toda rendilhada com um ar pensativo no fim vermelho da tarde. Estamos já na parte holandesa, antiga, da cidade. O velho Hotel Brevoort parece dar à gente que passa um boa-noite hospitaleiro. Foi lá que visitei outro dia, com o meu amigo dr. A. J. Armstrong, ao poeta Vachel Lindsay. Ao lado do velho hotel, uma vila deliberadamente poetizada por lampiões melancólicos. É um pedaço de Greenwich Village. Termina a Quinta Avenida. O *bus* atravessa o Arco e roda por Washington Square, onde ao pé da estátua de Garibaldi conversam, berram, gesticulam italianos. Faz-se a volta e o *bus* sobe a Quinta Avenida. New York já está no seu vestido de gala – que são os seus anúncios luminosos. Times Square flameja.

Enorme multidão a pé comprime-se, acotovela-se, estende-se em linha, como é de praxe, diante dos *guichets* dos teatros. Não deixo o meu cantinho no *bus* que, leve, sobe a Quinta Avenida, de novo passa em frente de Central Park, já cheio de sombras esquivas de amorosos, até tomar Riverside Drive, sobre o qual desliza quase sem ruído.

Uma delícia, um passeio de *bus*, isto é, no "primeiro andar". É excelente maneira de estudar uma porção de New York – a New York de Riverside, toda em cores alegres, esportiva, a regalar-se de sol; a New York de Washington Square, poetizada pelo tempo; a de Times Square, no seu z-z-z-z constante, sempre em apressado vaivém.

24 de julho de 1921

[AS ÁRVORES DE WASHINGTON]

Nova, limpa, sem uma rua estreita ou em zigue-zague, sem um sobrado lôbrego ou sujo de fuligem, sem um toque de arcaísmo, Washington é o melhor exemplo, nos Estados Unidos, das vantagens e desvantagens de uma cidade crescida não à toa, como as medievais, porém cientificamente. Desvantagens porque nisto se perde um tanto de pitoresco e o pitoresco em toda parte, na mesma China, hoje americanizada e europeizada, se tem tornado raro como ouro de lei. Vantagens porque, numa cidade assim construída, evitam-se males de que padecem as cidades a que chamarei boêmias, isto é, crescidas à toa, sem esforço, nem disciplina. Por isto não oferece Washington ao olhar do visitante um regalo de pitoresco e de cor como o Ghetto de New York, com sua gente meio rota, suas cestas de frutos maduros, seus farrapos de roupa a enxugar nas janelas, seus garotinhos sujos a brincar no meio das ruas enlameadas. Estas cenas que deliciam o artista e ofendem, como se foram a ilustração viva do inferno, ao indivíduo com a paixão moral de fazer do mundo uma horrível coisa uniforme, não as tem Washington.

O que poetiza Washington e amolece sua rigidez de cidade oficial, e fá-la até parecer mais velha do que realmente é, são as suas árvores. Que árvores, as de Washington! As mais hospitaleiras deste mundo. Suas folhas, à doce aragem, parecem sussurrar "bom dia" ou "boa tarde" e seus galhos se estendem para nós, quase como braços amigos, para acolher, acariciar ou apertar-nos a mão à americana. Árvores humanas. As mais lindas, talvez, são os salgueiros de Speedway, a avenida à beira do rio Potomac, onde à noite rodam centenas de autos e que é, ao meu ver, superior em beleza ao próprio Riverside de New York.

As árvores não poetizam apenas a Washington: fazem-na uma cidade de doce paz e de doces sombras, onde o próprio sol do meio-dia de verão, este Senhor todo-poderoso que tudo parece ir derreter, é atenuado e suavizado. Há árvores na seção a que chamarei oficial, da cidade, onde estão os edifícios públicos, o Capitólio, o Tesouro, o Correio, o palacete da Cruz Vermelha, a Casa das Patentes, o Ministério do Comércio, a União Pan-Americana etc. Na parte comercial, parece que há uma árvore diante de cada loja. O bastante para dar-lhe uma fisionomia tranquila, a mesma que tinha a velha Lingueta, do Recife, debaixo de cujas gameleiras nossos avós faziam pacatamente transações de contos de réis. E a propósito: que pena se tenha ido a Lingueta! E que pena que se tenham ido velhas árvores nossas, a fáceis ordens estúpidas! O Recife devia ser uma cidade de árvores e começou a sê-lo quando era seu prefeito aquele príncipe de cachos de ouro, cuja memória ainda parece perfumar a riba do Capibaribe onde foi seu palácio. Porém desde Nassau quantos governadores bons tem tido o pobre do burgo? Felizmente, hoje, no sr. Eduardo de Lima Castro, tem a cidade um homem de gosto e de educação artística e sem má vontade contra as árvores, à testa da administração municipal.

Entre nós, porém, não é só nas ruas que a estupidez dos senhores prefeitos não quer árvores. Não as quer tampouco nos quintais, em volta das casas, a estupidez dos senhores moradores. Prefere-se o rude flamejar do sol cor de sangue, rachando as paredes, contanto que a casa esteja à vista da gente que passa. Nos quintais grandes há árvores; porém lá no fundo. A casa mesma, esta tem de estar escancaradamente à mostra. Para mim há nisto tanta falta de modéstia como no costume de expor à vista de todo mundo, em dia de casamento, a cama do novo par.

As residências de Washington não padecem desse mal. Entre árvores, cada uma que eu vi – em Mount Pleasant e em

Columbia Heights, ou ao longo do Potomac. Algumas até sob grandes ramagens. Outras, muito isoladas, entre profuso arvoredo, com grandes parques em volta, de um verde-azulado. Uma outra, um castelo perfeito, com as suas torres de um vermelho-escuro, e um ar pensativo. E outras, ainda cobertas de hera. De modo que a impressão mais forte que se recebe de Washington é de uma cidade acolhedora, de farto arvoredo, com algo dos Elísios, onde a gente caminha pelas ruas, pela relva sem fim do Potomac Park, sob as árvores do histórico Lafayette Square, entre estátuas e monumentos, pachorrentamente, como se isto não fosse a capital dos Estados Unidos da América do Norte. Porque, ao contrário da gente de New York, a daqui não atravessa as ruas como flechas, nessa ânsia e aceleração de sangue características do new-yorkino.

As ruas de Washington foram rasgadas de acordo com cuidadoso plano. Por isto há aqui sempre um rodar fácil de veículos, os acidentes são raros e nada mais simples do que percorrer Washington inteira, sem risco de confusão. O sistema adotado não foi o circular nem o de tabuleiro de xadrez, seguido com algumas vantagens pelo fundador de Philadelphia, William Penn. Três grandes ruas – North, East e South Capital – e a linha que atravessa Mall dividem a cidade em quatro seções. Estas quatro artérias são cortadas de norte a sul pelas ruas de números – Rua Um, Dois, Três etc.; de nordeste a sudoeste, e de sudoeste a nordeste, pelas avenidas com os nomes dos vários Estados da União – Pennsylvania, Virginia, Vermont etc.; de leste a oeste, pelas ruas com letras do alfabeto – A, B, C etc. Os números das casas são na medida de cem por quarteirão, os números pares sendo à esquerda (a partir do Capitólio) e os ímpares à direita. Nada mais simples, portanto, que encontrar um dado número.

Onde Washington é inferior a New York, a Philadelphia e a Chicago é no sistema de parques e áreas para recreio, ou *playgrounds*. Há os lindos, como o Washington Park, que delicia pelo verde da relva e pelo frescor que produzem suas árvores, e no meio do qual está o famoso obelisco à memória de George Washington. Porém não são suficientes para a população da cidade. E os parques e áreas de recreio para crianças – não estou a dizer novidade – não são luxo, porém elementos necessários na vida de uma comunidade, pelo bem que fazem à saúde, tanto do corpo como do espírito. É pena que no Brasil não tenhamos desenvolvido bastante esta fase de melhoramento cívico. Bem perto de nós, nossos vizinhos uruguaios surpreendem a América com um excelente sistema de parques e áreas de recreio, sendo Montevidéu – é o que me dizem – um modelo a seguir nesta linha. No Recife não havia, no meu tempo de menino, uma só área de recreio público, nem me chegam notícias de que tenhamos começado a dar atenção ao assunto. Tendo tempo, hei de versá-lo breve, com mais vagar.

Estátuas, não faltam a Washington. Só em Lafayette Square há quatro ou cinco, incluindo a do gentil homem francês desse nome. Há vários lugares de interesse histórico, e até estes gatafunhos, escrevo-os da casa que foi de Dolly Madison e que é hoje a sede do Cosmos Club – ao qual me deu acesso a gentileza do sr. Oliveira Lima, de quem sou hóspede e que é sócio do Cosmos. Perto de mim, dois velhotes, afundados em fofos cadeirões de molas, discutem, entre a fumaraça de charutos, o "assunto de cavaco" e mais adiante outro folheia uma revista. E eu descubro, com surpresa, ter já escrito demais. Paro pois aqui.

4 de setembro de 1921

RUAS DE DOCES SOMBRAS

Eu amo no Rio a doce sombra das ruas estreitas. Em poucos dias fiquei camarada delas; e aprendi-lhes os nomes como nomes de amigos: Ouvidor, Ourives, Gonçalves Dias, Rosário, Sachet. Há outras. Estas são as mais amigas. Ou antes: as amigas mais ilustres.

Elas são deliciosas de intimidade, essas velhas ruas estreitas do Rio, parentas das do Recife. Parentas das de Lisboa. A gente sai da publicidade horrível da avenida Central e entra pela rua do Ouvidor: é como se já não estivesse na rua. É como se tivesse descido o olhar de um poema de Victor Hugo ou de Guerra Junqueiro ou de Walt Whitman – falando em liberdade, falando em democracia, falando no futuro, no progresso, na civilização, na felicidade dos povos, na concórdia universal, em todas estas coisas tonitruantes e públicas – para um doce poema de Francis Jammes, íntimo e quase caseiro e numa voz de quem não quer ser ouvido longe.

Por estas velhas ruas estreitas não rodam autos nem caminhões nem carruagens. E um rodar de auto ou um ruído de pata de cavalo pelo meio delas seria na verdade uma insolência. Uma intrusão. Um absurdo.

Elas convidam a gente a andar a pé; e andando por elas sozinho ou com um amigo, em conversa ou a olhar vitrines, numa despreocupação desdenhosa dos automóveis, dos caminhões e dos bondes, o indivíduo acostumado às cidades sente renascer-lhe o prazer tão difícil no tumulto da cidade moderna: o de andar a pé devagar, no próprio centro da cidade.

É um gosto que a vitória do automóvel está a tornar impossível em muitas partes: o gosto de andar a pé. O gosto de andar a pé docemente, num passo quase como o de seguir enterro ou procissão. O perigo do automóvel obriga o homem da cidade moderna a andar ligeiro. E andar ligeiro é como comer depressa ou beber de um sorvo só: um prazer quase mecânico. O gosto está em andar devagarinho.

As ruas estreitas do Rio tornam possível este luxo para uma cidade de um milhão de pessoas: o luxo de poder andar o indivíduo a pé, em pleno centro da cidade, entre vitrines de lojas, com o doce vagar, a deliciosa despreocupação de quem andasse por uma aleia de casa particular.

E há o refúgio que, numa cidade tropical como o Rio, oferecem as ruas estreitas: refúgio do requeime do sol. Do sol das avenidas, dos largos, das praças.

Foi o que fez Einstein enamorar-se logo da Rua Gonçalves Dias: era um refúgio delicioso do sol da avenida.

No Rio os meios-dias de dezembro e janeiro devem ser um horror. Estive aqui em março: fim de verão. Meios-dias terríveis. Sol acre. A gente sentia vir do asfalto um como hálito de pessoa com febre. Só nas ruas estreitas o horrível do calor suavizava, à sombra amiga dos sobrados.

No Recife, nós precisamos de conservar o mais possível – conciliando com as necessidades de tráfego, de movimento, de comunicação fácil, a necessidade de proteger do sol acre o indivíduo que precisa de andar a pé pela cidade, nas horas de movimento – as ruas estreitas, de doces sombras amigas. E algumas devem, com a intensificação de movimento, ficar com o direito de serem ruas quase íntimas, vedadas ao auto e à pata do cavalo e ao bonde. O direito de andar o indivíduo a pé no centro da cidade, calmamente e sem inquietude, um direito a defender contra o imperialismo do automóvel.

5 de setembro de 1926

CIDADE ONDE É QUASE SEMPRE VERÃO

O Recife é uma cidade onde é verão quase o ano inteiro. Chove muito em junho e julho mas sem deixar de haver dias claros e bonitos. Em novembro caem as "chuvas de caju". Em janeiro, as "primeiras águas", que às vezes só vêm em fevereiro. Há duas estações: uma seca, que começa em setembro ou outubro, outra temperada, que principia em março ou abril. Não há excessos nem mudanças bruscas. São raras as trovoadas e estas mesmas, de ordinário, fracas. Não há furacões nem tempestades. Uma brisa constante refresca o Recife. Os casos de insolação são raríssimos. Violentas, aqui, só as enchentes do Capibaribe.

No Recife, as roseiras não se fazem de rogadas para se abrir em botões e em rosas de uma fragrância como só nos trópicos. E, ao lado das rosas, girassóis enormes; jasmins-de-cheiro que em noite de lua tornam uma delícia o passeio pela cidade, ao longo das grades e dos muros das casas dos subúrbios. Tempo de caju, os cajueiros perfumam as estradas. Infelizmente não há mercados de flores na cidade; nem no centro do Recife parques que deem ao turista ideia, mesmo vaga, da grande riqueza e variedade de nossa vegetação e da nossa fauna. Isso foi no bom tempo de Nassau. O governador do Brasil holandês, que tanto amou o Recife, mandou fazer um parque e um jardim zoológico, que devem ter sido umas quase maravilhas. Bicho muito e dos mais bizarros. Árvores – uma variedade. Os coqueiros foram plantados já crescidos; e parecia sempre dia de festa a vida no Recife do tempo de Maurício de Nassau. Cidade cheia de gente se divertindo, passeando de bote, comendo merenda ao ar livre, vendo os bichos do jardim, gozando a sombra do arvoredo.

Depois de Nassau, restaurado o domínio português, ainda houve governadores amigos das árvores, como Henrique Freire e Dom Tomás de Melo. Plantaram-se gameleiras nos largos e à beira das estradas. Na República, porém, não se sabe por que estranho sentido de arte ou de higiene tropical, os prefeitos do Recife deram para perseguir as árvores como quem persegue inimigos. Outros para botar abaixo as velhas gameleiras para em seu lugar plantar *Ficus benjamim.* Felizmente vem se reatando, nos últimos decênios, aquela boa tradição. Isto, menos por iniciativa dos prefeitos do que pela pressão de campanhas jornalísticas, e, sobretudo, do Centro Regionalista do Nordeste. Um centro que não se limitou a "fazer literatura" – influiu de fato sobre a vida da região e não apenas sobre a cultura do país.

Mas continua ainda, da parte de algumas autoridades recifenses, certo horror às árvores. Um prefeito já chegou ao extremo de deixar que as árvores da Praça Maciel Pinheiro engordassem, como na velha história de *Azeite, Senhora Velha* com os netinhos – para botá-las todas abaixo, e estender então canteiros e arrelvados pela praça inteira, batida de sol.

Hoje, vai se desenvolvendo: um cada dia maior amor às árvores. E, em todo caso, há o Jardim da Casa-Forte – obra do Mestre Roberto Burle Marx – e o Parque de Dois Irmãos, já fora da cidade, mas aonde se pode ir de ônibus. Menos de meia hora de ônibus. O turista não deixe de ir até o Parque de Dois Irmãos. Já não é senão uma triste caricatura do que foi. Mesmo assim continua a ser arremedo de parque. Passa-se lá uma manhã ou uma tarde agradável, entre boas árvores e plantas da região. Foi o primeiro passeio, no Recife, do notável fisiopatologista alemão Professor Konrad Guenther, que aqui esteve contratado pelo Governador Sérgio Loreto para estudar as pragas do algodão e da cana. O Professor Guenther deixou-se prender pelo encanto da mata pernambucana. Era de tarde. Estava ficando escuro.

Já não pôde ver as lavadeiras de Porta d'Água lavando roupas – caboclas, mulatas, negras velhas, mulheres de braço rijo, quase todas de vestido encarnado – que é para a gente do povo do Brasil uma espécie de cor ritual – as saias arregaçadas até as coxas, as velhas fumando cachimbo. Nem os mulequinhos tomando banho ou lavando cavalos. Flagrantes que só se viam durante o dia claro. No fim da tarde que o Professor Guenther foi a Dois Irmãos tinha chovido. Vinha de dentro do mato um cheiro forte de terra molhada. E o viajante sentiu-se dominado pelo encanto da noite tropical caindo sobre o Recife. Recordou-se dos seus dias volutuosos em Ceilão: "foi como se tivesse reconquistado uma amante".

Quase o mesmo encanto experimentou o jornalista francês Louis Mouralis, que esteve no Recife em 1930. Do seu quarto no 6º andar do Hotel Central, deliciava-se toda manhã com a vista da cidade – os telhados vermelhos, as árvores dos quintais muito verdes, as torres de igreja muito brancas; e tudo dentro de uma luz pura, brilhante. Já Eduardo Prado, na última vez que desceu no Recife, em 1900, foi para escrever a um amigo da Europa que o Recife lhe parecera tão limpo, que era como se os holandeses tivessem deixado um pouco de si próprios na capital de Pernambuco.

O excesso de claridade e de sol deve ser corrigido no Recife por uma arborização inteligente. É uma cidade que precisa de muita árvore; e de jardins, não com canteirinhos, mas com arvoredo acolhedor, dando sombras largas, como as mangueiras do Entroncamento e principalmente as do Derby. Ao turista mais uma vez se recomenda que dê uma olhadela por esses jardins e também pelo Parque Amorim, onde tanto tempo viveu, já venerando, o peixe-boi.

Um tipo de arborização que poderia muito bem generalizar-se a várias ruas do Recife é a da avenida em frente ao

Departamento de Saúde em Fernandes Vieira – que recorda o bom gosto de Amauri de Medeiros. Aí as copas das árvores se encontram e confundem, cobrindo a rua, de lado a lado, de uma delícia de sombra. Boas sombras se encontram também no Jardim da Casa-Forte: criação de Mestre Roberto Burle Marx.

O Recife também já foi chamado de "Veneza Americana boiando sobre as águas". Outros aqui têm se lembrado de cidades holandesas com seus canais. Alguém já comparou o Recife a Charleston. A verdade é que, vista do alto, em dia de sol, o Recife se apresenta tão salpicado de verdes árvores quanto de brilhos de águas.

6 de julho de 1952

REVENDO LISBOA

Meus olhos de homem do Brasil veem em Lisboa não só uma das cidades mais belas da Europa como uma cidade inspiradora e mãe de cidades brasileiras. Salvador da Bahia, São Luís do Maranhão, Recife de Pernambuco, Belém do Pará, o Rio de Janeiro são tão filhas de Lisboa que o brasileiro vindo de qualquer delas ao ver pela primeira vez a capital portuguesa tem aquela impressão ou ilusão que em ciência se chama de *déjà-vu*. Parece que já viu. Que estas formas e cores são já suas conhecidas velhas. Que são formas e cores que docemente se deixam rever e não simplesmente ver pelo brasileiro vindo do Brasil.

Apenas esta cidade materna é como uma dessas mães sempre jovens que parecem irmãs das filhas. Irmãs mais velhas mas irmãs. E isto sem se fantasiarem de jovens. A mocidade de Lisboa vem de uma energia que se renova e não de uma velhice que se esconda com artifícios.

Um dos melhores encantos da capital portuguesa parece vir do fato de que aqui a arte ou a técnica ou o engenho dos homens não fazem nem têm feito violência nem à natureza nem ao passado. A cidade se renova sem renegar seu passado nem deformar sua paisagem em traço essencial.

Seus altos e baixos continuam quase os mesmos dos velhos tempos. Não me consta que aqui exista ou tenha existido lei municipal contra azulejos ou cores vivas nos sobrados ou nas casas ou nos vestidos das varinas.

Este é, talvez, o segredo da constante mocidade, da constante modernidade de Lisboa: aqui há harmonia essencial entre o que se faz deliberadamente, por urbanismo ou engenharia, e o que o tempo e a natureza vêm fazendo à maneira um tanto misteriosa, mas quase sempre sábia, de cada um: Tempo e Natureza. Uma cidade capaz dessa conciliação, do novo com o velho e da ciência com o mistério, é capaz de atravessar séculos e séculos sem envelhecer ou parar.

3 de novembro de 1951

INFORMAÇÕES SOBRE AS CRÔNICAS

Algumas das crônicas selecionadas para o presente volume não possuíam título. Diante disso, o selecionador inspirou-se em seus textos e conferiu títulos a elas, indicando-os entre colchetes. São os casos de [O passado em perigo]; [A importância de um nome de rua]; [Doces vagares]; [O encanto dos nomes primitivos]; [O exagero camaradesco do brasileiro]; [A arte de bem comer]; [Grande amigo das árvores]; [A devastação das matas]; [Brinquedos de menino]; [New York vista do alto] e [As árvores de Washington], originalmente publicadas no *Diário de Pernambuco* e, posteriormente, incluídas no livro *Tempo de aprendiz: artigos publicados em jornais na adolescência e na primeira mocidade do autor (1918-1926)*.

A presente coletânea também conta com textos até então inéditos em livro, como os provenientes da revista *O Cruzeiro* ("A rede brasileira"; "Flores, plantas e casas"; "Abrasileirando Papai Noel" e "Brinquedos, pessoas e animais") e da vasta produção do autor para o *Diário de Pernambuco* ("Plantas e valores brasileiros noutras partes do mundo"; "Razões do paladar"; "Cozinha brasileira"; "A propósito de ar poluído" e "Ecologia, situação social e alimentação no Brasil: alguns aspectos").

Do livro *Tempo de aprendiz: artigos publicados em jornais na adolescência e na primeira mocidade do autor (1918-1926)*, também foram selecionadas as crônicas "'Vende-se lenha'", "A cidade da febre cinzenta" e "Ruas de doces sombras". A crônica "Paz, guerra e brinquedo" foi publicada na revista *O Cruzeiro* em 1949 e fez parte, três décadas depois, do livro *Pessoas, coisas & animais*, organizado por Edson Nery da

Fonseca. Já a crônica "Cidade onde é quase sempre verão" foi publicada em 1952 no *Diário de Pernambuco* e constitui-se um fragmento do *Guia prático, histórico e sentimental da cidade do Recife*, de 1934. "Revendo Lisboa", publicada em 1951 na revista *O Cruzeiro*, integrou posteriormente o livro do sociólogo pernambucano intitulado *Aventura e rotina*, de 1952.

BIBLIOGRAFIA DO AUTOR[1]

ENSAIOS

Casa-grande & senzala: formação da família brasileira sob o regime da economia patriarcal. Rio de Janeiro: Maia e Schmidt, 1933.*

Guia prático, histórico e sentimental da cidade do Recife. Recife: Oficinas Gráficas The Propagandist, 1934. Edição de amigos do autor.*

Sobrados e mucambos: decadência do patriarcado rural e desenvolvimento do urbano. Rio de Janeiro: Companhia Editora Nacional, 1936.*

Nordeste: aspectos da influência da cana sobre a vida e a paisagem do Nordeste do Brasil. Rio de Janeiro: José Olympio, 1937.*

Conferências na Europa. Rio de Janeiro: Ministério da Educação e Saúde, 1938.

Assucar: algumas receitas de doces e bolos dos engenhos do Nordeste. Rio de Janeiro: José Olympio, 1939.*

Olinda: 2º guia prático, histórico e sentimental de cidade brasileira. Recife: [s.n.], 1939. Edição do autor.*

O mundo que o português criou. Rio de Janeiro: José Olympio, 1940.

Região e tradição. Rio de Janeiro: José Olympio, 1941.

Perfil de Euclydes e outros perfis. Rio de Janeiro: José Olympio, 1944.*

---

[1] A presente listagem de títulos de Gilberto Freyre não pretendeu ser exaustiva, visto que, além dos livros, o autor possui um número considerável de artigos acadêmicos e opúsculos cujo interesse supera o dos jovens leitores, público-alvo desta coletânea. Diante disso, o propósito aqui foi o de conceber uma relação das primeiras edições dos principais títulos do autor.

* Livros atualmente publicados pela Global Editora.

Sociologia: introdução ao estudo dos seus princípios. Rio de Janeiro: José Olympio, 1945. 2 tomos.

Interpretação do Brasil. Rio de Janeiro: José Olympio, 1947.*

Ingleses no Brasil. Rio de Janeiro: José Olympio, 1948.

Quase política. Rio de Janeiro: José Olympio, 1950.

Aventura e rotina. Rio de Janeiro: José Olympio, 1952.

Manifesto regionalista de 1926. Recife: Edições Região, 1952.

Um brasileiro em terras portuguesas. Rio de Janeiro: José Olympio, 1952.

A propósito de frades: sugestões em torno da influência de religiosos de São Francisco e de outras ordens sobre o desenvolvimento de modernas civilizações cristãs, especialmente das hispânicas nos trópicos. Salvador: Livraria Progresso Editora, 1959.

Ordem e progresso. Rio de Janeiro: José Olympio, 1959.*

Arte, ciência e trópico. Lisboa: Livros do Brasil, 1962.

Vida, forma e cor. Rio de Janeiro: José Olympio, 1962.

O escravo nos anúncios de jornais brasileiros do século XIX. Recife: Imprensa Universitária, 1963.*

Vida social no Brasil nos meados do século XIX. Recife: MEC; Instituto Joaquim Nabuco de Pesquisas Sociais, 1964.*

Seis conferências em busca de um leitor. Rio de Janeiro: José Olympio, 1965.

Sociologia da medicina. Lisboa: Fundação Calouste Gulbenkian, 1967.

Como e porque sou e não sou sociólogo. Brasília: Ed. UnB, 1968.

Contribuição para uma sociologia da biografia: o exemplo de Luís de Albuquerque, governador de Mato Grosso no fim do século XVIII. Lisboa: Academia Internacional da Cultura Portuguesa, 1968. 2 v.

Nós e a Europa germânica. Rio de Janeiro: Grifo Edições, 1971.

Novo mundo nos trópicos. São Paulo: Companhia Editora Nacional, 1971.*

O brasileiro entre os outros hispanos. Rio de Janeiro: José Olympio, 1971.

A presença do açúcar na formação brasileira. Rio de Janeiro: Instituto do Açúcar e do Álcool, 1975.

Os brasileiros entre os outros hispanos: afinidades, contrastes e possíveis futuros nas suas inter-relações. Rio de Janeiro: José Olympio; Instituto Nacional do Livro, 1975.

Alhos e bugalhos: ensaios sobre temas contraditórios – De Joyce à cachaça, de José Lins do Rego ao cartão-postal. Rio de Janeiro: Nova Fronteira, 1978.

Arte e ferro: em torno de portões, varandas e grades do Recife velho. Recife: Ranulpho Editora de Arte, 1978.

Prefácios desgarrados. Rio de Janeiro: Livraria Editora Cátedra; INL, 1978. 2 v.

Heróis e vilões no romance brasileiro: em torno das projeções de tipos socioantropológicos em personagens de romances nacionais do século XIX e do atual. São Paulo: Cultrix, 1979.

Oh de casa! Em torno da casa brasileira e de sua projeção sobre um tipo nacional de homem. Recife: Instituto Joaquim Nabuco de Pesquisas Sociais, 1979.

Pessoas, coisas & animais. Organização de Edson Nery da Fonseca. São Paulo: MPM Propaganda, 1979.

Rurbanização: que é? Recife: Massangana, 1982.

Apipucos: que há num nome? Recife: Massangana, 1983.

Insurgências e ressurgências atuais: cruzamentos de sins e nãos num mundo em transição. Rio de Janeiro: Globo, 1983.*

Médicos, doentes e contextos sociais: uma abordagem sociológica. Rio de Janeiro: Globo, 1983.

Homens, engenharias e rumos sociais: em torno das relações entre homens de hoje, sobretudo os brasileiros, e as três engenharias indispensáveis a políticas de desenvolvimento e segurança, por um lado, e por outro lado, a ajustamentos a espaços e a tempos, a engenharia física, a humana e a social, considerando-se, inclusive, o desafio, a essas engenharias, das selvas do Brasil, em particular, das amazônicas. Organização de Edson Nery da Fonseca. Rio de Janeiro: Record, 1987.

Modos de homem & modas de mulher. Rio de Janeiro: Record, 1987.*

Ferro e civilização no Brasil. Recife: Fundação Gilberto Freyre, 1988.

Bahia e baianos. Salvador: Fundação das Artes, 1990.

Discursos parlamentares. Brasília: Câmara dos Deputados, 1994.

Novas conferências em busca de leitores. Organização de Edson Nery da Fonseca. Recife: Fundação de Cultura da Cidade do Recife, 1995.

Antecipações. Organização e prefácio de Edson Nery da Fonseca. Recife: Edupe, 2001.

Americanidade e latinidade da América Latina e outros temas afins. Organização de Edson Nery da Fonseca. Prefácio de Enrique Rodríguez Larreta e Guillermo Giucci. Brasília: Ed. UnB, 2003.

China tropical e outros escritos sobre a influência do Oriente na cultura luso-tropical. Organização de Edson Nery da Fonseca. Brasília: Ed. da UnB, 2003.*

Palavras repatriadas. Organização de Edson Nery da Fonseca. Brasília: Ed. da UnB, 2003.

FICÇÃO

Assombrações do Recife Velho. Rio de Janeiro: Edições Condé, 1955.*

Talvez poesia. Rio de Janeiro: José Olympio, 1962.*

Dona Sinhá e o filho padre. Rio de Janeiro: José Olympio, 1964.

O outro amor do dr. Paulo. Rio de Janeiro: José Olympio, 1977.

Poesia reunida. Recife: Pirata, 1980.

Três histórias mais ou menos inventadas. Organização de Edson Nery da Fonseca. Prefácio e posfácio de César Leal. Brasília: Ed. da UnB, 2003.

JORNALISMO

Artigos de jornal. Recife: Edições Mozart, 1935.

Tempo de aprendiz: artigos publicados em jornais na adolescência e na primeira mocidade do autor (1918-1926). Organização de José Antônio Gonsalves de Mello. São Paulo: Ibrasa, 1979. 2 v.*

CORRESPONDÊNCIA

Cartas do próprio punho sobre pessoas e coisas do Brasil e do estrangeiro. Organização de Sylvio Rabello. Rio de Janeiro: Conselho Federal de Cultura, 1978.

Em família: a correspondência de Oliveira Lima e Gilberto Freyre. Organização de Ângela de Castro Gomes. Campinas: Mercado de Letras, 2005.

Cartas provincianas: correspondência entre Gilberto Freyre e Manuel Bandeira. Organização de Silvana Moreli Vicente Dias. São Paulo: Global, 2017.

MEMÓRIAS/TEXTOS AUTOBIOGRÁFICOS

Tempo morto e outros tempos: trechos de um diário de adolescência e primeira mocidade, 1915-1930. Rio de Janeiro: José Olympio, 1975.*

De menino a homem: de mais de trinta e de quarenta, de sessenta e mais anos. São Paulo: Global, 2010.

SOBRE O AUTOR

Gilberto de Mello Freyre nasceu no Recife, Pernambuco, em 15 de março de 1900. Filho de Alfredo Freyre – jurista e educador – e de Francisca de Mello Freyre, cursou o primário e o secundário no Colégio Americano Gilreath, entre 1908 e 1917. Seguiu em 1918 para os Estados Unidos, matriculando-se na Universidade de Baylor, em Waco, Texas. Nela, dedicou-se intensamente ao estudo de literatura, concluindo em 1920 o curso de Bacharel em Artes. Em 1921, ingressou na Faculdade de Ciências Políticas, Jurídicas e Sociais da Universidade de Columbia, em Nova York, onde acompanhou disciplinas de graduação e de pós-graduação. Lá, em 1922, para obtenção do diploma de mestrado, defendeu a tese *Social life in Brazil in the middle of the 19th century* ("Vida social no Brasil nos meados do século XIX"), texto que seria o embrião de sua obra-mestra *Casa-grande & senzala*.

Publicado em 1933, *Casa-grande & senzala* trilharia um novo rumo na historiografia brasileira ao realçar o papel que a miscigenação racial teria exercido na formação histórica nacional, com especial destaque para a presença ativa do escravo negro africano nesse processo. Lançando mão de uma ampla gama de documentos, Gilberto Freyre construiu uma interpretação inovadora a respeito do passado da nação, realçando os elementos do cotidiano dos povos.

No decorrer de sua vida, concebeu uma extensa obra, por meio da qual procurou compreender os problemas brasileiros, reconstituindo as situações históricas, culturais, sociais e econômicas verificadas no Brasil e explicando suas origens.

Lecionou em universidades estrangeiras, na América do Norte e na Europa, e teve vários de seus livros traduzidos para diversos idiomas. Colaborou em importantes jornais e revistas nacionais e do exterior ao longo de sua trajetória.

Casou-se em 1941 no Rio de Janeiro, no mosteiro de São Bento, com Maria Magdalena Guedes Pereira, professora de Educação Física. Juntos, tiveram um casal de filhos: Fernando e Sonia. Entre 1946 e 1950 foi deputado federal pela UDN, na mesma legislatura de outros grandes escritores e intelectuais, como Jorge Amado. Durante esse período, criou no Recife o Instituto Joaquim Nabuco de Pesquisas Sociais, hoje Fundação Joaquim Nabuco.

Entre os vários prêmios e distinções recebidos por Freyre, destacam-se o Prêmio Aspen, nos Estados Unidos (1967), o La Madonnina, na Itália (1969), e o título de *sir* da rainha Elizabeth, em Londres (1971).

Faleceu no Recife, em 18 de julho de 1987, deixando uma contribuição inestimável para o meio intelectual brasileiro e para o universo da cultura de um modo mais amplo, através de uma trajetória que procurou conjugar pensamento e ação. Meses antes de seu falecimento, foi criada em sua célebre residência situada no bairro de Apipucos, no Recife, uma fundação com seu nome, a qual mantém vivo o legado de um dos maiores pensadores que o Brasil teve.